CW00501677

COLLECTION FOLIO

Éric Fottorino

Chevrotine

Gallimard

Licencié en droit et diplômé en sciences politiques, ancien directeur du journal *Le Monde*, Éric Fottorino est le cofondateur et directeur de publication de l'hebdomadaire *Le 1*. Il a publié son premier roman, *Rochelle*, en 1991. Son œuvre, qui aborde notamment d'une plume sensible des questions de filiation et d'identité, a été récompensée par de multiples prix. Citons *Caresse de rouge*, prix François-Mauriac en 2004, *Korsakov*, prix Roman France Télévisions 2004 et prix des Libraires 2005, et *Baisers de cinéma*, prix Femina 2007. Après le diptyque *L'homme qui m'aimait tout bas* (2009, Grand Prix des lectrices de *Elle* 2010) et *Questions à mon père* (2010), il publie, entre autres, un roman d'initiation, *Le dos crawlé* (2011), une réflexion sur le journalisme sous forme de souvenirs, *Mon tour du « Monde »* (2012), *Chevrotine* (2014) et *Trois jours avec Norman Jail* (2016).

Cette nuit, j'ai senti quelqu'un accroupi sur moi et qui, sa bouche sur la mienne, buvait ma vie entre mes lèvres.

GUY DE MAUPASSANT,
Le Horla

1

Alcide Chapireau jeta un coup d'œil par la fenêtre. Le soleil émergeait à peine entre les brumes. La mer s'était retirée à l'infini, découvrant une cuirasse de vase fendillée et les pieux sombres des bouchots. Au loin, il pouvait apercevoir les joues blanches des petites maisons rétaises. C'était signe de mauvais temps. Il poussa un soupir et tira le rideau. Il se moquait bien de la météo. Hier ils avaient voulu l'emmener, mais il s'était braqué. Le professeur Longueville avait compris. Enfin, qu'avait-il compris ? Que son patient avait besoin d'un répit. Il lui avait accordé deux jours, pas un de plus. L'ancien marin avait une affaire urgente à régler.

Le moment venu, les ambulanciers monteraient le chercher. Il appréhendait les hurlements de leur sirène. Ce n'était pas pour le voisinage. Il vivait isolé avec la mer en face et les marais autour, et ce cordon de galets que les vagues remuaient comme des billes au fond d'un sac. L'idée de la sirène le contrariait car il tenait au silence. Chapireau n'aimait pas qu'on dérange le silence pour rien.

Il serait opéré après une ultime série d'examens. Le chirurgien l'avait informé que l'affaire se présentait mal. Chapireau avait haussé les épaules. Vivre lui paraissait plus dangereux que mourir. Son cœur tenait à un fil. Quelque chose l'avait épuisé avant l'heure. Mais quelle heure était-il? À peine cinquante-neuf ans au cadran de son existence. Pourtant il se sentait vieux et las. L'état dans lequel il se réveillerait lui était indifférent. Espérait-il seulement rouvrir les yeux? «Si je m'en sors tant mieux. Si je meurs tant mieux», disait Chapireau.

Le délai qu'il réclamait, c'était pour sa fille Automne, une jeune femme de bientôt vingt-deux ans aux manières sauvages. Sa mère avait brusquement disparu peu après sa naissance. Automne avait grandi dans le regard fuyant de son père. À l'époque, l'enquête de police n'avait rien donné. Chapireau savait qu'un jour il lui faudrait s'expliquer avec Automne. Mais ce n'était jamais le jour. Le temps avait passé, les marées, les années, sa vie entière qu'il sentait toucher à sa fin. Ses traits amollis exprimaient une volonté défaite, une espérance retombée.

La semaine passée, il avait envoyé une longue lettre à Zac et Marcel, ses fils nés d'un autre lit, des adultes à présent. Il les avait eus avec Nélie, une modiste de La Rochelle que le cancer avait emportée dans sa trentaine. Zac et Marcel ne parlaient plus à Chapireau depuis longtemps. Ils avaient leurs raisons. Un fils trouve toujours de bonnes raisons pour ne plus parler à son père. Les leurs étaient solides, autant qu'elles étaient vaines devant la mort prochaine de Chapireau. Cette fois, c'était à Automne, leur demi-sœur, qu'il devait écrire. Ce ne serait pas facile. Sa mère s'appelait Laura. Elle avait disparu par une matinée de novembre. Chapireau redoutait ce mois et ses ciels de condoléances.

Il donna des instructions à la femme de ménage. Après son service, Mme Dupuis devrait déposer son courrier à l'agence immobilière du Vieux-Port où Automne travaillait comme stagiaire. Il exigea que la lettre lui soit remise en main propre. Encore devait-il l'écrire.

La veille, Chapireau s'était trouvé à deux doigts de tout dire à Automne. L'avait-elle senti ? La jeune femme s'était mise à fixer son père avec insistance. Adolescente, ce n'était pas si frappant. Mais à présent son port de tête, son cou gracile, le dessin de sa bouche, sa démarche suspendue, tout chez Automne lui rappelait Laura. Surtout dès qu'elle ramenait ses cheveux en arrière et que son visage offrait à la lumière sa blancheur diaphane. En la voyant s'approcher pour l'embrasser, il avait cru que Laura lui souriait comme la première fois. Il avait reconnu le même reflet dans son regard, cet éclat intense et mordoré. Il s'était dit qu'ils avaient eu raison de l'appeler Automne. C'est Laura qui avait voulu, alors lui aussi. Il voulait tout ce que voulait Laura.

Chapireau hésita. Sur une feuille de son bloc il écrivit : « Toutes les femmes attendent le grand amour. Ta mère cherchait son assassin. »

2

Le soleil montait tel un ballon étincelant dans le ciel dégagé. Venue du fond de l'horizon, une armée de lourds nuages s'apprêtait à fermer la baie. Chapireau regarda encore vers l'est. C'était un petit soleil de février, acide comme un citron pressé. Il lui tira une larme qu'il effaça d'un revers de main. L'envie le tenaillait d'aller marcher sur la côte, bien que le chirurgien lui eût proscrit tout effort. À voir bouger les branches des tamaris, le vent soufflait déjà furieusement. Chapireau s'avança sur le pas de sa porte pour observer le tapis vert des salicornes. Les avocettes fouillaient la vasière du bout du bec. Son ancienne pinasse clapotait entre les bouchots. Il l'avait vendue l'année d'avant à un producteur de moules de Charron. Le gars avait remplacé les pieux vermoulus par des poteaux de mine flambant neufs. Dans le temps, Chapireau en avait enfoncé des dizaines à l'épaule, en plein hiver. À présent on les plantait avec des grues électriques.

Il repoussa sa porte et vint se rasseoir devant la

cheminée. Il écrasa un cageot, disposa quelques bûches en quinconce et chiffonna deux feuilles de journal. Puis il craqua une allumette. Le feu prit aussitôt. Il y jeta des écorces d'oranges qu'il laissait sécher dans un panier d'osier. Une odeur d'agrumes monta jusqu'à lui. Il éprouva un peu de bien-être en même temps qu'une impression de chaleur. Avec sa mauvaise circulation, il ne sentait plus ses pieds. Parfois il démarrait ses flambées avec des bouchons de liège imbibés d'alcool à brûler. Depuis que le vin lui était interdit, il goûtait dans ces effluves un semblant d'ivresse.

Ce matin-là, il voulait garder toute sa lucidité pour écrire à Automne. Un stylo dans la main, il se sentait gauche. Chapireau était un homme dépourvu de mots. Surtout s'il éprouvait une émotion. Il ajouta sur sa feuille qu'il avait aimé Laura passionnément. Il relut cette phrase et la raya.

Sa fille ignorait presque tout de sa vie d'avant. Au début des années 1970, il naviguait sur *Pélican*, un beau pêche-arrière de trente-huit mètres, avec sa coque en acier qui découpait l'océan. La Rochelle vivait du poisson. Les chalutiers dormaient encore en épi à l'abri des tours. On gueulait à l'encan pour acheter les meilleures pièces. Les locos fumaient en attendant les retours de mer. Chapireau descendait loin dans le golfe de Gascogne. Avec son équipage, il filait vers Lisbonne jusqu'aux îles Berlingues. Des campagnes de trois semaines. *Pélican* ramassait les poissons bleus, maquereaux, anchois et sardines.

Plus tard, sur ouest-Écosse, il rapporta des merlus et des merluchons, des dorades épaisses comme deux poings fermés. Il avait tout connu des levants et des couchants, des étoiles comme des boussoles qu'il suivait dans les ciels de l'Atlantique. C'était un art de ne pas perdre leur trace en plein jour, puis de retrouver leurs petits clous dorés trouant l'étoffe de la nuit. Chapireau savait les vents et les courants dont il percevait les variations au bruit des vagues sur la coque. Caresse léchée du Gulf Stream, claque franche du Labrador, tintement léger des courants du Sud. La mer était son encyclopédie. Elle changeait d'odeur selon les espèces de poissons frôlant l'étrave. L'eau ne sentait pas pareil quand passaient les harengs, les maquereaux ou les empereurs. Un parfum poivré signalait les flétans, les sabres et les grenadiers. Si l'onde puait le sang, les thons étaient là.

Hypnotisé par le grésillement des braises, Chapireau revit dans un éclair le dos d'argent des éperlans, les grondins couinant dans les filets. Et la barbiche au menton des rougets avec leurs écailles couleur rouille. Parfois, au virage du chalut, un homme basculait à la mer. Jamais Chapireau ne tomba. C'est à terre que sa vie s'était brisée. À terre, il ne voyait jamais le danger.

Quand il connut Nélie, elle tenait boutique dans la petite rue des Mariettes, près du marché couvert. Puis elle s'était installée sur une place ensoleillée du quartier Saint-Nicolas. Nélie avait débuté comme sardinière aux usines du port. Elle était née dans une caisse de criée, au beau milieu de l'encan, parmi les bars et les lottes aux joues déchirées. Fillette, elle rêvait déjà de toiles et d'aiguilles. À seize ans elle avait quitté les bancs d'étripage pour se mettre au service d'une chapelière qui lui avait appris le métier. Ses dons l'avaient poussée à créer ses propres modèles de couvre-chefs, bibis et fioritures pour dames, fantaisies pour catherinettes, deuils et demi-deuils car il fallait bien gagner sa vie même avec les trépassés. Elle se constitua une clientèle d'habituées séduites par son goût et ses prix modérés.

Le jour de ses obsèques, elles étaient nombreuses à porter ses couleurs. La messe eut des allures de kermesse. Nul n'aurait pu lui rendre un plus bel hommage. Ce que regrettèrent d'abord ses fidèles, c'était sa gentillesse. Nélie était une femme douce et radieuse. Son cœur, elle le donnait en entier. Zac et Marcel étaient encore très jeunes lorsqu'ils furent privés de son éclat.

Jusqu'au bout, Chapireau avait espéré que sa femme vaincrait le mal par la seule grâce de sa bonne humeur. À sa mort, il resta prostré de longues semaines. Il eut la sensation que Nélie avait éteint la lumière et qu'il n'y aurait plus personne pour la rallumer. Encore adolescent, face au couple déchiré de ses parents, il s'était promis de construire une famille unie, aussi solide qu'un chalutier de haute mer. « À nous deux, on fait un bon marin ! » disait-il de Nélie. Sa disparition le dévasta. Il s'en voulut d'être vivant.

3

Trois années s'écoulèrent sans que l'ancien marin s'imagine avec une autre femme. S'il faisait des rencontres, il passait soigneusement entre les mailles de l'amour. À trente-sept ans, il savait que les heures tournaient plus vite. Mais l'idée de trahir la défunte le paralysait. Chapireau trouvait là une bonne excuse pour ne rien entreprendre. Il attendait que le souvenir de Nélie soit moins à vif. Il verrait bien après. S'il en imposait avec sa tignasse châtain, ses yeux très bleus et sa grande taille, Chapireau n'avait pas vaincu le manque d'assurance venu de son enfance, écrasé par un père autoritaire et une mère lointaine qui répugnait même à l'embrasser. Sa silhouette ployée le rendait moins grand. Il était du genre écorché.

Les parents de Chapireau s'étaient séparés l'année de ses neuf ans. Son père, un représentant de commerce fort en gueule, était porté sur la boisson et sur les femmes. Il avait rapidement négligé son garçon. Mme Chapireau vivait pour son travail de comptable chez un négociant de Cognac. Déçue de n'avoir pas eu de fille, elle s'était dispensée de toute ferveur maternelle. Dès qu'il avait pu, Chapireau avait rejoint l'école des mousses. Il s'était trempé le caractère mais avait conservé une sensibilité à fleur de peau. Adolescent, il n'était jamais resté plus de quelques jours chez l'un ou l'autre de ses parents. Son père refusait de lui donner une clé de chez lui. « Trop tôt ! » aboyait-il si le fils sonnait avant une certaine heure, et la porte demeurait close. Un soir d'hiver, Chapireau avait erré longtemps sous la pluie. Il avait goûté cette liberté âpre de ne compter pour personne. Quoi qu'il fasse, où qu'il aille, ce serait toujours dans l'indifférence des siens et du monde. Il connut ce vertige étrange de pouvoir disparaître sans que nul ne s'en inquiète. Sa jeunesse, il l'avait passée sans amour.

Cette dureté avait creusé en lui d'insondables gouffres. Il détestait le conflit. En toute circonstance, le compromis lui semblait préférable à une dispute. Esquiver lui était plus facile que d'élever la voix. Il n'était pas homme à rébellion. Il allait profil bas, l'expression douloureuse, traînant le boulet du manque de tendresse. Ses parents s'étaient si peu intéressés à lui qu'il doutait d'intéresser quiconque. Surtout une femme.

L'armée lui offrit l'occasion inespérée de prendre du champ. Élève officier sur le *Duquesne*, un lance-missiles ancré à Toulon qui partait pour un tour du monde, il découvrit Djibouti et Le Cap avant de remonter vers Maurice, vers l'Asie des moussons et des maharadjahs. Jamais il n'oublierait son entrée de nuit dans la rade de Diégo-Suarez, les lumières éblouissantes de Djakarta, la moiteur salée de Hong Kong et de Macao, le bonheur d'être loin. Il avait vingt ans et respirait l'air du large avec ce sentiment exaltant qu'en mer on avait la vie devant soi. Il n'avait rien, il était libre. Une phrase du capitaine le réjouissait : « Un homme heureux n'a pas de chemise. »

C'est au cours de ce périple qu'un chercheur hollandais embarqué à Saigon lui parla du naturaliste Alcide d'Orbigny. Spécialiste des coquillages minuscules, il avait distingué parmi eux les blancs opaques, ou porcelanés, des vitreux transparents. Ils épousaient toutes sortes de formes, spirales, licornes, petites pierres à ricochets. Tous constituaient de fragiles marqueurs du temps depuis leur apparition dans les ères les plus anciennes de notre planète. Ils étaient sensibles aux pollutions, aux tempêtes sous-marines, au réchauffement du climat. Leur disparition devait nous alerter sur la dégradation du milieu. Le chercheur passait sa vie à les traquer, de l'Adriatique à Bali et jusqu'en mer de Weddell. Il vouait un culte à cet Alcide d'Orbigny qui avait su tirer de grandes leçons de l'infiniment petit. Chapireau avait écouté d'une oreille distraite, mais cette histoire lui était entrée plus profond qu'il n'aurait cru. Il s'était demandé lequel de ses parents l'avait appelé Alcide. Il supposa que son père, chargé de déclarer sa naissance, avait pu lire ce prénom au fronton du Muséum d'histoire naturelle. Et que, faute d'inspiration, il avait soufflé Alcide au hasard, le même hasard qui avait fait de lui, mais si peu, un géniteur.

À son retour d'Extrême-Orient, Chapireau était un autre homme, averti que le monde n'avait d'autres limites que sa curiosité. Il s'était enivré d'exotisme, de parfums inconnus, d'alcools forts et de filles sans attaches. Il pouvait désormais associer son prénom à un personnage illustre. Pour autant, il n'avait rien perdu de sa timidité qu'il dissimulait sous le hâle des mers du Sud et dans la volute de ses kreteks, des cigarettes indonésiennes au bout lesté d'un clou de girofle. Il avait gardé cette sensation bizarre d'être transparent. Quand il retrouvait un ami perdu de vue, il se demandait inquiet si cet ami le reconnaîtrait.

Avec Nélie, Chapireau avait repris confiance. Par son équilibre et sa gaieté, elle lui avait montré les trésors insoupçonnés de la vie à deux. Il avait enfin cru à la possibilité d'être aimé. Comme dans les romans de gare, Nélie et Chapireau s'étaient connus au hasard d'une bousculade, par une froide soirée d'hiver. Un mince rideau de pluie hachurait la nuit. Elle avançait tête baissée, serrant une part de quiche pour sa mère occupée à la sardinerie. Chapireau et ses compagnons déchargeaient *Pélican*. Nélie était venue se ficher contre ses dures épaules. Il s'était confondu en excuses. Elle n'avait vu que son sourire éclatant sous son air emprunté. Une troublante évidence l'avait saisie : c'était avec ce gaillard qu'elle aurait ses enfants.

Plus tard, elle lui avait décrit l'éclair qui avait brûlé son ventre. Chapireau réclamait toujours plus de détails. Qu'avait-elle ressenti exactement, un frisson, une secousse ? Et qu'avait-elle lu dans ses yeux, qu'avait-elle éprouvé qui puisse déclencher cette soudaine envie de maternité ? Nélie revivait ce raz-de-marée intérieur. Chapireau écoutait, le regard vaguement incrédule, un sourire enfantin au coin des lèvres. La petite modiste lui avait donné sa place dans le monde, une enseigne pour la vie, quelque chose comme « Chapireau et fils ».

Nélie avait raconté ses années d'apprentie à l'usine. Les sirènes de l'aube. Les petits matins au flanc des bateaux. Les estafilades aux mains. La brûlure du sel sur les plaies. Puis son entrée providentielle dans le monde des chapeaux. La douceur, la beauté, la patience. Quant à lui, s'il se plaisait à revivre ses équipées au large, il ne disait rien de sa prime jeunesse. Une lointaine cousine lui avait révélé que sa mère venait de l'Assistance. Il en avait conçu moins de rancœur.

De six ans sa cadette, Nélie pansa ses blessures invisibles. Avec elle, il n'avait pas eu besoin de mots. Le bonheur s'était installé sans bruit, simple et tranquille. Le cancer avait décidé qu'il serait de courte durée. Chapireau se sentit trahi. Il ne serait jamais d'humeur à croire en Dieu. « Je n'ai pas les bases », disait-il sur le ton du regret, confondant la religion avec un examen.

Dieu le rebutait. Il l'associait au froid des églises, au balancement des ex-voto à Saint-Sauveur où l'on priait pour les péris en mer. Lui ne priait pas. Personne ne lui rendrait Nélie. Personne ne sauverait les noyés. Dieu, c'était du vide.

Par chance pour Chapireau, ses frères d'Océan le ramenèrent du côté des vivants. Ce ne fut pas de tout repos. Sur *Pélican*, ils étaient trois amis soudés au chalumeau. Le plus proche de lui était René, dit Nénesse, un ancien menuisier de marine. Dans le milieu, on les appelait « mon cul ma chemise ». Lassé de scier du contreplaqué sous la ligne de flottaison des navires, Nénesse avait fini par s'embarquer. C'était un être attachant au tempérament d'artiste que ne laissait pas deviner sa silhouette taillée dans la masse et ses manières frustes. À bord, entre les quarts et les coups de chalut, il écrivait des poèmes. Il aimait les rimes et les tournures qui sonnaient bien. Des mots précieux lui venaient sans crier gare, comme « indolent » ou « mélancolie ». La mer lui inspirait autre chose que des rêves de pêcheur. Il y avait aussi le géant Basile, un ancien de chez Alstom, qu'une rupture de câble électrique avait jadis balafré de la tempe au maxillaire. C'était de braves types réservés, sauf s'ils avaient un coup dans le nez. Alors ils donnaient de la voix plus sourde encore que la corne de brume. Ils avaient le vin chantant. Du temps de Nélie, ils faisaient souvent la noce ensemble. Fuyant les restaurants prétentieux de La Rochelle, ils avaient leur QG sur la falaise de Port-Lauzières, dans une guinguette battue par le vent.

Attablés devant un tartare de morue, ils suivaient des yeux la noria des bacs pour l'île de Ré. On les trouvait aussi à Esnandes, pour la mouclade de chez Chocolat, ou dans les petits bourgs voisins. Ça se terminait toujours pareil : « avancez donc chez moi ! » lançait l'un ou l'autre dans la nuit étoilée. Ils prolongeaient leurs agapes, le plus souvent à Coup-de-Vague, chez Alcide et Nélie, en bord de mer, car c'était tout près. Nélie savait recevoir. Tous contemplaient l'Océan avec une eau-de-vie plus vieille qu'eux. En blanchissant, l'horizon découvrait leurs trognes de gamins hors d'âge qui se frottaient les yeux de sommeil.

Chapireau pensa qu'il devrait parler d'eux à sa fille. Ils en auraient souffert si son père n'avait jamais évoqué leur existence. Automne, ils l'avaient aperçue quand elle marchait à peine. Après ils s'étaient faits plus rares.

La mort de Nélie avait coïncidé avec la crise hauturière. Une nuit, un bateau espagnol avait abordé *Pélican* tous feux éteints, lui arrachant son train de pêche. Les hommes n'avaient rien entendu, sinon l'écho de rires éloignés qui ricochaient sur les vagues. Puis les rires s'étaient rapprochés jusqu'à la collision. Leur forfait accompli, ces sauvages de La Corogne s'étaient enfuis en riant de plus belle. Les marins rochelais dénoncèrent un acte de piraterie.

Après de grosses réparations, *Pélican* déroula ses lignes vers Les Sables-d'Olonne. Les hommes s'épuisaient à ramener du pas grand-chose, draguant la côte, les aplombs de falaise, les rochers creux. Alcide Chapireau partait désormais à la journée. Le soir, il récupérait Zac et Marcel chez la belle-sœur de Nénesse. Les enfants se collaient à lui malgré ses vêtements qui sentaient le poisson à plein nez. Ses yeux étaient rouges de sel.

Pendant l'hiver, Chapireau s'engagea pour une campagne de sept jours. Il resta plus du double en mer à cause d'un ouragan. L'équipage avait mis le chalutier à la cape et s'était laissé dériver. Au retour, le marin décida de ne plus repartir. Ses fils avaient eu trop peur. Il entendait encore la supplique de Nélie quand elle lui soufflait à l'oreille, à l'instant de l'embrasser : « Ne va pas rentrer noyé. » *Pélican* se traîna encore une paire d'années puis il termina quai de l'oubli. Le patron donna un pécule à ses hommes et chacun reprit sa liberté. Nénesse fut embauché aux bacs de La Pallice. Il assura les dernières traversées avant la construction du pont de l'île de Ré. Basile, lui, s'était trouvé une place sur le *Pierre-Loti* pour les rotations vers l'île d'Aix. Automne le reconnaîtrait forcément, avec ses bras de Popeye et sa trogne à ne pas sucer de la glace, avec sa balafre qui faisait peur à voir.

Quant à Chapireau, il acheta une concession de moules à Esnandes. De sa maison posée sur l'avancée de Coup-de-Vague, il pouvait surveiller toute la baie. S'assurer que son bateau à fond plat restait bien amarré les jours de tempête. Il ne serait plus qu'un marin de petite mer. Au moins n'allait-il pas risquer sa vie. Il avait ouvert une baraque où il proposait des huîtres et des moules de bouchot. Les touristes s'arrêtaient chez lui quand ils venaient contempler l'horizon du haut des falaises avant de pousser vers la Vendée. Chapireau possédait aussi un carrelet, une de ces cabanes de bois semblables à des maisons sur pilotis, leurs longs pieds plongeant dans la vase, équipées de larges filets qu'on remontait par un treuil à la force des biceps. Le dimanche à marée montante, il y passait des heures avec Zac et Marcel, guettant dans l'eau brune le vif éclair d'une anguille ou d'un bar. En semaine, il lui arrivait de s'installer seul sur la plate-forme, l'esprit ailleurs, sans même activer son treuil. Bien malin qui aurait su où portait son regard.

Pendant ces années, Alcide Chapireau prit soin de ses garçons. Doucement ils s'exercèrent à supporter l'absence de Nélie. À eux trois ils formèrent un petit continent occupé à fuir le chagrin. C'est ce continent que Laura, un jour de printemps, aborda de son rire impérieux. Ce fut un bel acte de piraterie.

4

Chapireau leva la tête. Dans un cadre posé sur le manteau de cheminée, Zac et Marcel lui souriaient. La photo remontait à plus de vingt ans. Une époque heureuse. La maison était pleine des chapeaux de Nélie, des courses-poursuites de ses fils. Depuis combien de temps n'étaient-ils plus venus le voir ? Il avait cessé de compter. Aux dernières nouvelles, Zac travaillait dans l'industrie chimique à Dunkerque. Quant à Marcel, il traînait avec une bande de gars sans avenir qui brinquebalaient leur camelote sur les marchés forains. S'il passait devant Coup-de-Vague, il filait sans s'arrêter.

Chapireau entendit un soupir dans la pièce d'à côté. Un bruit de vapeur. C'était le fer à repasser. Mme Dupuis s'occupait de ses chemises pour l'hôpital. À la mort de Nélie, Zac avait neuf ans et Marcel sept. Ils étaient à peine plus vieux que sur la photo où ils restaient figés dans la forteresse de l'enfance. Petits, ils étaient très beaux, débordants de promesses et d'esprit. Avec leurs fines attaches et leurs longs cheveux, on pouvait les confondre avec des filles. Zac avait les yeux toujours cernés, Marcel ne pensait qu'à s'amuser. Ils étaient inséparables, sans cesse à se bagarrer. Les coups qu'ils se donnaient, c'était leurs liens qu'ils resserraient.

La disparition de Nélie avait durci leur carapace. Ils avaient peu d'amis et semblaient se suffire à eux-mêmes. L'été, Zac capturait des vipères dans les fourrés. Il les portait à la pharmacie de Marsilly qui les achetait un franc pièce pour le sérum antivenimeux. Marcel, lui, savait attraper les guêpes sans se faire piquer, d'un geste furtif qui paralysait leurs ailes. Les deux garçons laissaient une impression étrange à qui les approchait. Une intensité peu commune émanait d'eux, mélange de froideur et de tendresse retenue.

Un jour Basile les emmena sur le *Pierre-Loti*. Ils passèrent des heures dans le petit Musée africain de l'île d'Aix. Le soir, pleins de leurs rêves d'explorateurs, ils racontèrent à Chapireau les peaux de serpents tendues comme des tapisseries, les oreilles d'un éléphant épinglées au mur, ses rangées de dents, ses pieds évidés tels de larges tuyaux de poêle, ses défenses pointues. Zac était tombé en arrêt devant un bel oiseau noir au crâne plumeté de rouge et de bleu, le grand calao d'Abyssinie. Marcel s'enflamma pour les écureuils volants et l'immense dromadaire d'Arabie qu'avait prétendument chevauché Bonaparte dans sa campagne d'Égypte. Les garçons d'ordinaire laconiques avaient dressé l'inventaire du musée, encore ébahis par le dodo de La Réunion et le rhinocéros du Kenya. Ils en avaient plein la bouche des massacres de gazelles, et aussi des crânes aux cornes mystérieusement enchevêtrées de deux antilopes géantes du lac Tanganyika. Le guide avait raconté comment elles s'étaient battues à mort, agonisant dans leurs bois mêlés.

Les pieds devant l'âtre, Chapireau somnolait. Du fond des années, il s'attendait à voir surgir Nélie flanquée de leurs fils, ou Laura tenant la main d'Automne. Tous se seraient parlé, des rires auraient fusé, les garçons auraient emmené leur petite sœur à la balançoire ou au bord du bassin aux têtards. Que s'imaginait-il dans son esprit malade? Il perçut un long soupir. Ce coup-ci ce n'était pas le fer à repasser. C'était lui. Après la disparition de leur mère, Zac et Marcel s'étaient soudés davantage encore. Leur père était leur figure de proue, leur compagnon de jeu, leur confident. Ils ne pleuraient jamais, ne parlaient pas de Nélie. À les observer, on aurait pu croire que rien n'était arrivé. Ils n'appelaient plus Chapireau que par son prénom. C'était venu comme ça. Le marin en avait souffert. Il n'aimait guère l'acide qui perçait sous Alcide.

Nul ne pouvait les embrasser, et surtout pas une femme. Ils avaient endormi leurs émotions. Ils se tenaient droits, presque raides. C'est dans cette raideur qu'ils trouvaient la force de grandir. Les vannes de leur tristesse s'ouvraient sans prévenir, de façon brève et brutale. Que Zac tombe de vélo ou que Marcel éprouve une contrariété de rien du tout, et les garçons versaient des pleurs bien trop lourds pour de si petites peines. Ils écoulaient en contrebande leurs arriérés de chagrin.

Avec le temps, ils s'étaient réinventé une vie sans Nélie, bien que la photo de mariage de leurs parents demeurât en évidence sur le vaisselier du salon, et aussi plusieurs clichés de la jeune femme avec ses fils. Tant bien que mal, Chapireau avait remonté la pente. Il gardait ses enfants comme on garde le sourire. Son affaire prospérait gentiment. La maison sur la baie restait leur sanctuaire. Chacun s'y sentait à l'abri.

Une année, Chapireau repéra un dauphin dans les bouchots. C'était un ravissement de le voir s'ébattre en liberté. Zac et Marcel étaient aux anges quand leur père les emmenait sur sa pinasse à la rencontre de leur nouvel ami. Celui-ci les accueillait de ses cris joyeux, exhibant son ventre blanc et son bec retroussé. Chapireau y pensa en revoyant une photo des garçons jouant avec lui, dans l'eau bleutée d'un mois d'août. Le dauphin était revenu deux saisons de suite. Puis il avait disparu. D'abord ses fils n'avaient rien dit mais, un soir, Marcel avait éclaté en larmes. Son visage s'était couvert de marbrures. Sur son front, à hauteur des tempes et jusqu'à la naissance du cou, un rameau de petites veines était apparu en transparence. Ces fines arabesques lui étaient restées.

Elles s'accusaient à chaque émotion, dessinant le territoire de sa fragilité.

Chapireau regardait danser les flammes. De temps à autre, il rajoutait une bûche pour relancer le feu. C'était le dernier signe de vie qu'il préservait dans sa maison. Que s'était-il passé pour qu'il se retrouve seul et perdu, pendant que son cœur se débattait en vain? Il reprit où il l'avait laissée la lettre à sa fille. Il faudrait avancer sans détour, mais ces fichus mots lui glissaient entre les doigts pire que des anguilles.

5

Un moteur de mobylette se fit entendre. Le facteur montait vers Coup-de-Vague. Les rafales de vent freinaient sa progression. Chapireau tendit l'oreille. Une main heurta la boîte aux lettres, puis le bruit de moulin s'éloigna. Il espérait toujours un signe de Zac ou de Marcel. Bien sûr, c'était impossible. Seule Automne lui donnait des nouvelles. Quand elle aurait pris connaissance de son courrier, elle aussi cesserait de le voir.

D'une voix sans force il appela Mme Dupuis. Le fer à repasser émit un gargouillis bizarre. La femme de ménage apparut. Comprenant son désir, elle se dirigea tout droit vers la boîte aux lettres. Comme il s'en doutait, ce n'était que des imprimés, des factures, des prospectus. Nulle part son nom n'était tracé à la main.

Il faudrait remonter à loin pour éclairer Automne, songeait-il. Autrefois, le mercredi après-midi, Zac et Marcel venaient l'aider à la cabane. Ils jouaient à se poursuivre dans le marais, au bord des claires à huîtres qui reflétaient le ciel comme des miroirs. Les commerçants s'arrêtaient avec leurs camionnettes. Chacun racontait son histoire que les enfants écoutaient d'un air amusé. Chapireau se souvenait d'un vigneron de la falaise qui installait des haut-parleurs autour de ses rangs la veille de la vendange. Des journées entières, il envoyait du Berlioz à tue-tête. «C'est bon pour le raisin!» soutenait-il auprès de ses voisins lassés de la *Symphonie fantastique*. Si le vent soufflait de la terre, il rabattait la musique jusqu'à la cabane. Le gars mettait aussi du Mozart et prétendait que sa vigne en redemandait. D'après lui, le hard-rock tuait la végétation mieux qu'un désherbant.

Cette réminiscence éclaira le visage de Chapireau. Il revit Zac et Marcel à l'époque du dauphin, des jeux à la cabane, des discussions avec la boulangère ambulante ou avec le boucher aux moustaches d'Errol Flynn. Tous deux avaient la langue bien pendue. Ils vidaient chez Alcide leur sac de racontars. Les enfants raffolaient de leurs bla-bla sans queue ni tête.

Zac était taciturne. On entendait rarement le son de sa voix, sauf s'il criait sur son frère. Il était le portrait de Nélie en garçon. Mêmes traits délicats, même expression rêveuse, même allure décidée. Marcel, lui, s'adonnait volontiers aux pitreries. Il tenait de sa mère pour son côté fantasque, mais son visage rond, son nez saillant, ses sourcils marqués, c'était tout son père. Chapireau connaissait bien ses garçons. Il savait que Zac était le dieu de Marcel. Quand Zac était triste, Marcel était le seul à pouvoir le consoler. L'aîné était injuste comme le sont les aînés. Sitôt ragaillardi, il écartait son jeune frère sans ménagement et filait seul rejoindre ses copains. Marcel enrageait d'être ramené à sa condition de petit. Après tout ils n'avaient que dix-huit mois d'écart. Mais quiconque se risquait à bousculer Marcel trouvait Zac sur son chemin. Ainsi allait leur fratrie. L'adversité les rapprochait. Avec les autres, ils restaient à distance.

Tout changea le jour où Laura stoppa sa Coccinelle devant la cabane. D'habitude, les garçons fuyaient les clientes, surtout les femmes qui ressemblaient trop à des mères. Pourtant cette inconnue les attira. Chapireau s'affairait à la citerne d'eau douce. Ils se proposèrent de la servir. Sa voix enjôleuse les enveloppa. Ils eurent le sentiment de l'avoir déjà vue. Avant même de connaître Laura, on croyait la reconnaître. Elle réveillait en chacun une évidence. Chapireau eut aussi l'impression de retrouvailles. Il s'étonna d'entendre ses fils répondre docilement aux questions qu'elle leur posait avec naturel. Zac donna son prénom, son âge, le nom de son école. D'abord sur sa réserve, Marcel l'imita. Elle adressa un geste à Chapireau, lui lança qu'ils étaient très beaux. Puis elle fila en direction de Marsilly. Tous étaient restés sous le charme de la jeune femme, de son regard aux éclats dorés.

Le lendemain elle ne se montra pas, ni le jour d'après. Chapireau se surprit à l'attendre. Le samedi vers midi, les enfants venaient de rejoindre leur père quand elle gara son auto devant l'étal. Elle commanda quantité de moules et d'huîtres. Elle avait du monde à déjeuner. Alcide la servit sous le regard attentif des garçons. Leurs défenses s'étaient écroulées. «Bonjour Laura, fit Marcel avec un sourire qu'elle lui retourna. — Vous connaissez le prénom de cette dame? questionna leur père d'un ton faussement soupçonneux. — C'est que nous avons déjà échangé quelques secrets», répondit Laura. Son allure, son sourire, ses gestes, sa façon de bouger : tout en elle trahissait une énergie hors norme. Une sorte d'exaltation qui ne demandait qu'à s'embraser. Ils se quittèrent sur des balbutiements. Chapireau ne pensa plus qu'à elle. Comme les êtres sensibles rencognés au fond d'eux-mêmes, il était capable de ces fulgurances qui font croire aux nouveaux départs. Ce jour-là, regardant la Coccinelle disparaître au bout de la route, il ressentit un creux au ventre. Les garçons chantonnaient. Marcel demanda si c'était vrai que les coccinelles portaient bonheur.

6

La semaine suivante, Laura avait convié
Chapireau et ses enfants à dîner. Le mois de mai
venait d'éclater sur la baie. Elle les reçut dans son
appartement de Marsilly qui donnait sur le café.
« Bienvenue dans ma maison de poupée ! » lança-
t-elle en les accueillant, comme pour excuser la
petitesse du lieu. Cela leur était égal. La soirée
fut joyeusement désordonnée. Laura était de ces
femmes qui paniquent en cuisine et oublient les
temps de cuisson. Elle trouva Marcel très touchant, et Zac si grand. À peine arrivés, ils avaient
eu la bonne surprise de faire connaissance avec
son fils, Benjamin, dont les onze ans s'emboî-
taient à merveille entre les douze ans de Zac et les
dix ans de Marcel. « J'ai toujours rêvé d'une
grande famille, avoua Laura avec une pointe
de regret. Mon idéal était quatre enfants… » Sa
phrase en suspens, Chapireau l'avait poursuivie
en ajoutant qu'il n'était pas trop tard. Zac et
Marcel l'avaient dévisagé avec surprise. Benjamin
était un blondinet aux cheveux ras, aux yeux châ-

taigne. Il entraîna les garçons dans sa chambre. Laura livra quelques bribes de sa vie. Elle était assistante dans un cabinet d'iridologie du centre-ville. Chapireau avait voulu savoir en quoi ça consistait, l'iridologie, après avoir buté sur le mot comme sur une pierre au milieu d'un chemin. Il s'agissait de détecter les maladies futures d'un patient par l'observation fine de son iris, expliqua-t-elle. Chapireau n'imaginait pas qu'on puisse en savoir si long par un examen approfondi des pupilles. Longtemps après, il se demanda si un iridologue aurait décelé le mal de Laura. Que signifiait par exemple cette traînée mauve qui traversait son regard tel un météore ?

Elle et son compagnon s'étaient séparés après deux ans de vie commune. Laura avait élevé Benjamin seule. Son père le prenait un week-end sur deux et aux vacances quand il pouvait, car il était musicien de jazz. Ce détail contraria Chapireau. Un artiste, c'était forcément plus séduisant qu'un boucholeur aux mains blessées. Laura dissipa son malaise en répétant son goût pour une vie simple. Elle avait cherché une maison sur la baie. Les prix l'en avaient dissuadée. Chapireau lui proposa de venir un dimanche à Coup-de-Vague avec Benjamin. Au sourire de Zac et de Marcel, il devina qu'ils étaient d'accord. Une femme autre que Nélie allait entrer chez eux, traverser les pièces, voir ce que leur mère avait vu, s'asseoir là où elle s'était assise, boire dans les verres où elle avait bu. Dormir là où elle avait souffert. Leur esprit avait fait demi-tour devant la porte de la chambre.

Ce soir-là, Laura précéda les désirs de chacun, donnant aux garçons du « mon petit chat » qu'ils n'osaient réprouver. Ses yeux brillaient. Sa voix douce frissonnait quand elle s'adressait à l'un ou l'autre des enfants. Elle s'appuyait contre la fenêtre entrouverte pour dissiper la fumée de sa cigarette. Le soleil déclinait dans une émulsion orange. « Quand il se couche, je me sens abandonnée. » Elle avait laissé poindre son désarroi. Chapireau s'était retenu de la serrer dans ses bras. Une ombre passa, qu'elle chassa aussitôt d'un trait d'esprit. « Ce soir, vous êtes mes soleils de minuit. » Pendant que ses fils jouaient avec Benjamin, Chapireau évoqua Nélie. Laura posa sa main sur la sienne avant de lui murmurer combien elle le trouvait courageux, combien Zac et Marcel étaient « des amours ». Elle ajouta que Benjamin était « aux anges » de les connaître.

De retour à Coup-de-Vague, Chapireau et les enfants restèrent silencieux. Sentaient-ils qu'une autre vie s'annonçait ? Étaient-ils prêts ? Une gravité teintée d'allégresse les submergea. Les garçons au lit, Chapireau ressortit marcher. La lune éclairait le chemin de craie au bord de la falaise. Des bateaux envoyaient leurs lumières dans le silence de l'Océan. La marée baissait. Grâce au halo, il distinguait l'eau étendue à ses pieds, une nappe de dentelle que plissaient de minuscules vaguelettes. Le ciel soudain ne lui parut plus vide. Il résonnait du rire de Laura, des cris de ses fils mêlés à ceux de Benjamin. Le souvenir de Nélie ne fut pas douloureux à Chapireau. Ses pensées jaillissaient en rafale. La jeune femme et son garçon pourraient s'installer à Coup-de-Vague. Elle se réveillerait le matin devant la mer, selon son vœu. Et s'ils projetaient de faire ensemble un petit, ils se retrouveraient à la tête d'une tribu de quatre enfants. Au milieu de tous ces gars, il fallait une fille.

Moins de trois mois plus tard, le rêve s'exauça. Ce fut un déménagement d'oiseaux. Deux allers-retours avec son fourgon suffirent à Chapireau pour vider l'appartement de Laura. Il n'en fut pas surpris. Plusieurs fois il était allé dormir chez elle, pendant qu'une étudiante gardait les garçons à Coup-de-Vague. Il avait réalisé combien Benjamin et elle vivaient à l'étroit. Les bruits du café l'avaient gêné. Comme la cigarette de Laura. Quand ils se retrouvaient la nuit, tous les enfants endormis, ils éprouvaient une délicieuse impression de clandestinité. Laura n'avait pas de chambre. Elle s'allongeait dans le canapé de son salon qui empestait le tabac froid. Elle perdait ses vêtements comme une fleur ses pétales. Dans ces instants de grâce où ils laissaient parler leurs corps, Chapireau ne respirait que son parfum, l'odeur suave de sa peau, le printemps dans ses cheveux aux reflets d'incendie.

La première fois qu'ils firent l'amour, elle le plaqua contre elle jusqu'à l'étouffer. Puis elle prononça ce mot polaire : «Non.» Il avait craint de l'avoir brusquée. C'était le contraire. Elle le voulait tout entier. Une onde traversa son ventre. Elle répéta : « Non, non, non ! » Ce fut pareil les autres nuits. Il ne devait jamais s'habituer à ce « non » pour un « oui ». Un soir qu'il voulait la rejoindre chez elle, Laura refusa. « On n'est pas obligés d'être tout le temps ensemble », lui avait-elle répondu. Ils s'étaient retrouvés le lendemain. Chapireau en avait gardé une légère blessure et le sentiment du froid.

À la longue, il s'inquiéta des cigarettes que Laura achetait par cartouches entières. À plusieurs reprises, rallumant une dernière cigarette en même temps qu'elle choisissait un disque — « juste une chanson », disait-elle, c'était souvent *Souffrir par toi n'est pas souffrir* —, elle donna des gages qu'il ne demandait pas. « Tu verras, bientôt ce sera fini toutes ces clopes. J'ai envie d'une vie saine, d'une nourriture saine, de promenades… »

À Coup-de-Vague, il fallut se serrer. Marcel abandonna sa chambre à Benjamin et rejoignit Zac dans la sienne. Le plafond surélevé permettait d'installer une mezzanine. À la rentrée des classes, la maisonnée fut au complet. Laura avait acheté les mêmes pyjamas aux trois garçons et aussi pour elle et Chapireau. Des étoffes couleur sable en coton. Un soir, ils s'étaient photographiés ainsi vêtus, grâce au déclencheur automatique de l'appareil. Face à l'éclat du flash, tous avaient fermé les yeux.

7

Chapireau passa une main froide sur son visage. Il s'était assoupi devant le feu. La nuit, il appréhendait de s'endormir. À cause des images du passé. Et aussi du coup de fusil qui résonnait encore dans sa tête, tant d'années après. Avait-il vraiment tiré? Il préférait croire à la version de l'enquête. Un départ précipité, une véritable disparition comme il s'en produit des milliers chaque année. Les effets personnels de Laura s'étaient volatilisés. Jusqu'à ses livres dont l'absence avait laissé un trou au milieu des étagères, et que Chapireau avait rempli de grosses pommes de pin. Pourtant il n'avait pas rêvé. Des détails lui revenaient. La cartouchière de cuir, le reflet cuivré des balles au retour de la chasse, l'expression indéfinissable de Laura quand il l'avait mise en joue. Il aurait voulu être un animal. Il avait lu dans un journal que les animaux ignoraient la tristesse.

Qu'allait-il écrire à Automne? Faudrait-il remonter si loin dans le temps, avant sa naissance? L'important n'était plus la justice qui l'avait oublié. Elle ne l'avait guère cherché. Au début, Chapireau en avait éprouvé du soulagement. Le malaise était venu après. Une torture insidieuse. Au fond, il aurait préféré un jugement, une condamnation, la prison peut-être. Mais on ne jugeait pas un homme sans le corps de sa victime, sans aveux, sans mobile. Chapireau se retrouvait en tête à tête avec son secret, prisonnier de lui-même. Sa peine, c'était sa liberté. Désormais, seul comptait le regard d'Automne. Malgré la chaleur du foyer, il fut parcouru d'un frisson. Dans les yeux d'Automne vivaient ceux de Laura.

8

Les premiers mois furent enchanteurs. À nouveau la maison respirait. Les trois garçons
s'entendaient à merveille. Chapireau avait quitté
ses habits de veuf. Il s'était mis en tête de diversi-
fier son affaire. Maintenant qu'il avait reconstruit
une famille, il passait plus de temps aux bouchots. Il avait repris un peu de pêche côtière avec
Nénesse. En saison, il montait à Cancale pour
choisir ses huîtres, repérer les bons naissains qu'il
faisait grandir dans ses claires de Marsilly. Laura
l'avait encouragé. Elle ne demandait qu'à s'occuper de ses enfants, si beaux et si gentils, ses
adorables enfants. Au plus gros de l'activité,
Basile lui donnait la main. À eux deux ils faisaient
une marée de moules à Esnandes, remontaient
de nuit vers la Bretagne, déchargeaient le camion,
somnolaient trois heures enroulés dans un duvet
sur les grandes poches en plastique remplies de
coquillages. Puis ils se relevaient pour une autre
marée, les reins douloureux, une chape de fatigue
pesant sur leur nuque et remuant profond dans

leur chair. Ils rechargeaient le camion et roulaient jusqu'à Esnandes après un stop chez un routier de Rennes qui leur offrait le sandwich et le verre de sauvignon pour treize huîtres à la douzaine. C'était une vie dure mais Chapireau gagnait bien et dormait sur ses deux oreilles, malgré la brièveté du repos. Laura veillait sur ses garçons. Il était tranquille.

Chapireau se ménageait des moments de liberté pour emmener sa tribu sur l'île d'Aix ou plus bas vers la pointe Espagnole, là où les rouleaux grondaient comme des orages. À la nuit tombante, ils se retrouvaient parfois au petit port du Plomb, pêchant les crevettes à la balance, une grosse tête de congre en guise d'appât. Les lumières du phare éclairaient les yeux phosphorescents des bouquets qui sautaient dans les filets tremblant de houle. Les garçons se disputaient pour remonter le butin scintillant. Laura criait d'excitation. Elle se régalait d'avance. Il arrivait que sans rien dire elle parte marcher seule le long de la jetée. Chapireau la perdait de vue, occupé à remplacer les têtes de congres que le courant disloquait contre les rochers. La peur qu'elle ne revienne pas l'oppressait. Il se trouvait idiot de réagir ainsi. Il était fébrile tant qu'elle ne les avait pas rejoints. Il distinguait le bout rouge de sa cigarette dans la nuit. Bientôt elle fumerait la dernière. Elle avait promis. Ce fut après la confirmation qu'elle était enceinte. Une joie intense l'avait inondé.

L'été se prolongea. À la fin d'octobre, les garçons se baignaient encore sous un soleil caressant qui rougissait l'horizon et la crête, penchée sous le vent, des tamarins. Certains jours, les rayons rasants allumaient sur la mer des milliers de petites lumières. La nature était calme. Si la mer était haute, Laura venait se tremper en milieu d'après-midi, persuadée que c'était bon pour son bébé. Chapireau la moquait. Il était encore minuscule, ce bébé. Il se l'imaginait tatoué de taches de rousseur, pareil à Laura. La première fois que les garçons l'avaient vue sortir du bain ruisselante, ils s'étaient enflammés devant sa poitrine opulente et cette multitude d'étoiles rousses sur sa peau laiteuse.

En fin de journée, ils roulaient souvent jusqu'au môle d'Escale. Ils dépassaient les silos géants, les cuves de ciment remplies du pétrole d'anciennes marées noires. Chapireau racontait des histoires de pêches lointaines et entonnait des chants du large que tous reprenaient en chœur. Ils admiraient les pétroliers géants, les cargos et les grumiers qui déchargeaient à quai leurs cargaisons de bois exotiques. Les coques esquintées des navires brillaient de rouille et d'or sous le dernier soleil. La nuit glissait doucement. Puis les lampadaires dissolvaient les ombres dans un éclairage de magnésium. Les garçons couraient sur les arbres couchés que leur imagination changeait en crocodiles. Ils ramassaient des fibres de raphia tressées, des morceaux d'Afrique d'où s'échappait une odeur macérée de racines et de pourriture. Chapireau désignait le teck, le santal, l'okoumé. Laura l'écoutait rêveusement. Il reparlait du croiseur *Duquesne* mais s'abstenait de sortir une de ses cigarettes indonésiennes qu'il se procurait auprès d'anciens dockers. Laura se demandait ce qui se cachait derrière l'horizon. Il répondait, des bateaux et des sirènes. La vue du large le rendait lyrique.

À la Toussaint, Chapireau et ses enfants se rendirent sur la tombe de Nélie au cimetière de Marsilly. Laura avait prévu de rester à Coup-de-Vague. Pour la première fois le thermomètre avait perdu dix degrés. Elle tenait à rester au chaud. C'est Chapireau qui insista pour qu'elle les accompagne. Elle refusa, puis se laissa fléchir. Zac et Marcel furent surpris de la voir monter dans la voiture. « C'est moi qui lui ai demandé », souffla leur père. C'était un modeste cimetière de campagne, dénué de ces caveaux pompeux qu'on trouve dans les villes. Le silence était seulement troublé par le vent, les jours de grande marée. On entendait les pas minuscules des vivants sur le gravier, et le bruit sourd de l'eau remplissant un arrosoir, quand les visiteurs prenaient pitié d'une plante en berne. Une photo de Nélie résistait au temps, figée dans un sourire au milieu d'une stèle de marbre gris. L'humidité avait boursouflé son visage. Zac nettoya le verre avec son mouchoir, mais il ne fit qu'étaler la moisissure, déformant davantage le sourire de Nélie. Laura se tenait un pas en arrière. Quand il croisa son regard, Chapireau réalisa son erreur. La jeune femme avait une expression trouble, les yeux fixés sur le portrait de la défunte. Les autres années, les garçons et lui s'asseyaient au bord de la pierre. Chacun disait quelques mots, racontait une histoire. Ils n'aimaient pas le recueillement silencieux des autres familles. Ils préféraient parler. Plus petits, ils demandaient à Chapireau si leur mère les entendait. Il répondait que oui bien sûr, et même qu'elle les voyait. Ils avaient gardé cette habitude en grandissant, même s'ils savaient que les morts avaient les yeux pleins de terre et de nuit. Chapireau écourta la visite. « Déjà ? » fit Zac. Son père accorda deux minutes de plus, puis murmura un « au revoir, ma chérie » qui vrilla les oreilles de Laura.

La soirée à Coup-de-Vague fut mélancolique. Les garçons avaient le sentiment d'avoir bâclé ce rendez-vous avec leur mère. Laura s'était sentie incongrue. Une question curieuse l'avait transpercée : reposerait-elle un jour auprès de Chapireau, ou choisirait-il de rejoindre Nélie ? Ses traits se tendirent sans raison. Quant à Chapireau, il se reprochait sa maladresse. Au dîner, Benjamin tenta d'égayer l'ambiance en imitant son professeur d'histoire qui répétait « néanmoins » à chaque phrase. Tout le monde finit par sourire, mais le cœur n'y était pas. Laura laissa son assiette. « Tu dois manger pour deux ! » lança Chapireau. Il eut la sensation très nette d'avoir proféré une idiotie.

Quand ils se retrouvèrent seuls dans leur chambre, Laura demanda à Chapireau s'il l'aimait. « Je n'aurais pas dû t'emmener au cimetière », répondit-il en la serrant contre lui. Le lendemain, ils furent réveillés par le soleil qui dorait le plancher. Chacun avait dormi à un bout du lit. La lumière douce les rapprocha. Chapireau posa sa main sur le ventre de Laura. Il sentit qu'elle tremblait. « Tu m'aimes ? demanda-t-elle encore. — Quelle question ! — Alors je ne veux plus dormir ici. »

9

Chapireau entreprit des réaménagements, fâché après lui de ne pas y avoir songé plus tôt. Il transforma le dressing en une chambre plus petite que la précédente mais bien exposée vers le sud et vierge de tout souvenir, avec un parquet de bambou vernis qui plut à Laura. Il en profita pour changer le lit et le mobilier. Il fit disparaître sa photo de mariage avec Nélie, mais un matin, comme elle entrait dans la chambre de Zac et Marcel, Laura sursauta en l'apercevant sur leur commode. Elle l'enleva. C'était plus fort qu'elle. Quand ils demandèrent ce qu'était devenue la photo, leur père inventa un mensonge. Chapireau lut la tristesse dans les yeux de ses fils. Eux avaient perçu sa faiblesse.

Une autre fois, parcourant des yeux la bibliothèque du salon, Laura voulut savoir qui lisait les romans historiques de Zévaco, les Barbara Cartland, les Agatha Christie. «Nélie, répondit Chapireau. — Elle lisait, ça, Nélie?» s'esclaffa Laura, appuyant sur le «ça». Elle jeta les ouvrages dans un carton pour la cave avant de disposer ses propres livres sur les étagères. Sentant la contrariété de Chapireau, elle lui dit avec une désarmante douceur qu'il ne pouvait plus continuer à vivre dans le passé. « Ce n'est bon ni pour toi ni pour tes enfants. » Chapireau fut reconnaissant à Laura de le bousculer. Il pensa qu'il devait en avoir besoin. À force de sacraliser Nélie, ne risquait-il pas de s'étioler, d'asphyxier Zac et Marcel ? Laura était dans le vrai. Il voulait le croire.

Par ses caresses, par sa manière de se frotter, de le frôler, de faire mine de le griffer ou de lui mordiller les doigts, ou encore par le ton qu'elle affectionnait, lèvres entrouvertes, pour réclamer un baiser d'une voix langoureuse, Laura avait enfermé Chapireau dans un cocon de sensualité. Bousculant sa pudeur, elle exerçait sur lui une attirance insolente. En plein jour, elle circulait parfois dévêtue d'une pièce à l'autre, une main ouverte en étoile le long des fesses qui, loin de cacher sa nudité, la rendait plus provocante encore. Elle glissait sans un mot, avec souplesse, attirant Chapireau dans le rayon violet de ses pupilles. C'était un félin en chasse. Il était sa proie consentante.

Certains dimanches, les garçons ayant pris place devant la télé pour un long petit déjeuner, Laura entraînait Chapireau vers la salle de bains qu'elle négligeait de fermer à clé. Là, dans la lumière crue du matin, assise sur le rebord de la baignoire, lui debout et ses ongles à elle crissant dans sa toison ou cisaillant ses reins, elle l'épuisait de plaisir, une expression d'abandon au fond des yeux. Ses gestes étaient si lents qu'il en tremblait. Un soir, elle l'attendait assise au bord du lit. Elle n'avait gardé qu'une paire de bas et son collier d'ambre. Sur sa poitrine entièrement nue dansait une constellation de taches rousses pareilles à de petites flammes. Cette vision avait attisé son désir. Il l'avait dévisagée l'air interrogateur. Elle lui avait fait signe d'approcher. Le cœur au bord d'exploser, il s'était agenouillé à ses pieds. Laura s'était allongée doucement, avait ouvert ses cuisses. Chapireau avait cueilli une fraise rouge et tiède venue de son enfance.

Avec son allure mince et sensuelle, le ferme épanouissement de ses seins, sa façon de se déhancher, de bouger, de marcher comme on danse, Laura avait une silhouette spécialement dessinée pour l'amour. Au creux de la nuit, il suffisait que ses doigts rencontrent ceux de Chapireau, que leurs peaux s'effleurent, pour qu'ils se retrouvent soudain enlacés, à demi ensommeillés, souffle court et sang brûlant. Leurs corps s'électrisaient comme deux pôles contraires qui trouvaient dans l'amour leur point de fusion.

Dans la vie de tous les jours, Laura s'efforçait de satisfaire Chapireau. Sans l'avertir, elle lançait des invitations auprès de ses meilleurs amis, conviant pour lui en faire la surprise Nénesse et Basile, avec leurs carrures formidables et leur parler rustique. Il ne s'était pas formalisé qu'elle ait fouillé dans son répertoire à la

recherche de leurs numéros de téléphone. Après
un de ces dîners magistraux, ils avaient loué la
simplicité de Laura, sa délicatesse, sa beauté,
l'attention qu'elle portait à chacun. Son examen de passage aux yeux de ses amis et de leurs
épouses fut pleinement réussi. Le charme de
Laura avait agi à la perfection. « Tu as été fier de
moi ? » lui avait-elle demandé sur un ton de fausse
ingénue. En guise de réponse il l'avait serrée
dans ses bras.

Partout Laura séduisait son monde. Au village,
on adulait cette jolie plante qui rendait vie et couleurs au veuf de Coup-de-Vague. Ces deux-là
s'étaient trouvés. Chapireau avait plongé tête
baissée dans un conte de fées. Partout où il allait,
il n'entendait que des compliments. Surtout
quand la grossesse de Laura fut assez visible pour
nourrir les conversations.

Rentrant le soir, il la découvrait souvent au
téléphone, racontant avec force détails la pro-
priété de Coup-de-Vague (« vous viendrez nous
voir, n'est-ce pas ? »), tout en adressant à Chapireau d'irrésistibles baisers papillons (en tout
cas lui n'y résistait pas). Rien n'était trop beau.
Elle promettait d'organiser de grandes fêtes, des
dégustations, des soirées déguisées. La nouvelle
de sa rencontre avec Alcide avait fait le tour de ses
amis, en particulier une certaine Hélène à qui
Laura parlait souvent. Le boucholeur craignait
que son toit ne fût jamais assez grand pour
accueillir tous ces inconnus.

Dans cette frénésie, Chapireau reprenait goût

à l'existence. Il s'était persuadé qu'aucune femme ne voudrait de lui et de ses enfants. Jusqu'à l'apparition de Laura. C'était bien le mot : la jeune femme était une apparition. Le pire pour Chapireau eût été qu'elle disparaisse. Il rêvait d'une vie sereine. Il y mettrait ce qu'il avait d'énergie et de confiance dans l'avenir. Il y mettrait toute sa volonté. Comme si l'amour ou la foi en Dieu étaient affaires de volonté.

C'était bon de voir la maison retrouver sa gaieté. Les garçons riaient plus fort et plus souvent. Ils étaient plus remuants, plus légers. Ils étaient trois au lieu de deux, en attendant la nouvelle petite tête qui viendrait sceller par ses cris ce décret de la chance. Le ciel était de la partie : ce serait une fille.

10

Laura prit en main les préparatifs de Noël. Aidée par les garçons, elle acheta des décorations pour le sapin, des boules multicolores, des guirlandes boas, des étoiles d'or et d'argent, des angelots en feutrine. Elle confectionna une crèche au pied d'un radiateur du salon, sous les regards curieux de Zac et de Marcel. Leurs parents n'avaient jamais sacrifié à ce rituel. Chapireau laissa la jeune femme donner libre cours à sa fantaisie, rapportant même un peu de paille d'une ferme voisine pour tapisser le sol de la grotte en papier rocher. Les figurines de Joseph et de la Vierge Marie l'amusèrent. Ses fils ne reconnaissaient plus leur mécréant de père. Laura était survoltée. Malgré la fatigue de sa grossesse, elle se démenait pour que la maison soit chaleureuse. L'hiver devait rester dehors ! Elle avait acheté des bougies parfumées qu'elle disposa dans les pièces principales. Le soir, elle créait une ambiance intime en éteignant les lampes et les plafonniers, laissant juste la lueur vacillante des flammes caresser leurs visages heureux. Jour après jour, les cadeaux emballés dans de jolis papiers s'entassèrent au pied du sapin. Les enfants rôdaient, essayant de percer les mystères de ces paquets luisants aux allures de gros bonbons. Laura faisait entrer le merveilleux à Coup-de-Vague. Le Père Noël était une femme.

Les jours de marché, escortée par les trois garçons, elle remplissait ses paniers de fruits exotiques, d'épices, de bâtons de vanille, de légumes inhabituels dont elle seule semblait connaître les noms, comme les topinambours et les crosnes du Japon qui ressemblaient à de grosses chenilles et avaient, disait-elle, la douceur des pommes de terre nouvelles. Zac et Marcel ne demandaient pas mieux que d'être réquisitionnés pour ces tâches ménagères. C'est ainsi qu'ils découvrirent le goût des mangues et des kakis, le parfum du curry, des miels de bruyère et de châtaignier. Depuis son arrivée à Coup-de-Vague, Laura réussissait de délicieuses recettes.

Un soir, en rentrant de la cabane, Chapireau chercha Laura. Benjamin l'informa qu'elle était allée au village. La nuit tombait à peine. Il décida de partir à sa rencontre, certain de la trouver à l'épicerie ou chez le charcutier. Quand il l'aperçut de loin qui avançait lentement, un panier dans chaque main, il eut un haut-le-cœur. Était-ce bien elle, cette silhouette tassée, les épaules rentrées, la démarche incertaine ? Pressant le pas, il remarqua sa chevelure en bataille, son manteau mal refermé, elle qui ne sortait jamais sans être

parfaitement apprêtée. La nuit s'était épaissie.
Malgré les lampadaires et les éclairages de fête,
un mince filet de lumière éclairait la rue, ren-
forçant l'allure fantomatique des passants.
Sans doute ne l'avait-elle pas repéré. C'est ce que
pensa Chapireau en voyant Laura changer soudain de trottoir. Elle regarda fixement dans sa
direction avant de traverser. Une voiture pila net
et la klaxonna. Laura tança le chauffeur et poursuivit son chemin. Dans le bref instant où elle
l'avait dévisagé, Chapireau avait surpris quelque
chose de furieux, un éclat sauvage. Était-ce
l'effet du froid, ce voile mauve sur ses yeux?
« C'est moi! fit-il en la rejoignant. — Je vois
bien », répondit Laura d'un ton revêche. Il voulut
la soulager de ses paniers d'où s'échappait une
odeur de pain d'épices. Elle refusa et marcha
droit devant, méconnaissable de brusquerie,
bousculant les gens sans s'excuser. Chapireau ne
prononça plus un mot jusqu'à Coup-de-Vague,
se demandant ce qu'il avait dit ou fait de travers.
Il voulut savoir comment elle se sentait. Elle émit
un grognement. Le sol se dérobait sous ses pas. Il
donnait le change mais, au-dedans de lui, tout
était en miettes. En poussant la grille du jardin, il
fut paralysé à l'idée de prononcer un seul mot.
Laura laissa tomber ses paniers. Puis, d'un geste
inattendu, elle se pendit au cou de Chapireau.
« Oh les amoureux! » crièrent les garçons en
chœur, tandis qu'elle écrasait ses lèvres sur les
lèvres du boucholeur. Il chercha ses yeux qu'elle
gardait encore fermés. Quand elle les rouvrit, une

joie sans nuage irradiait à nouveau ses traits. Le voile de givre s'était déchiré. Peut-être n'avait-il existé que dans l'imagination de Chapireau. Il avait eu peur. Il se hâta de l'oublier.

Le lendemain, le réveillon de Noël combla la maisonnée. Les cadeaux furent ouverts dans une explosion de cris. Zac et Marcel avaient offert à Laura une paire de chaussons minuscules en coton. La jeune femme les serra contre ses joues. Tard dans la nuit, le divin enfant une fois déposé sur son lit de paille, Chapireau prit Laura dans ses bras comme au cinéma et la porta jusqu'à leur chambre. En croisant son regard, il s'aperçut qu'elle pleurait. Son angoisse de la veille remonta brusquement. « Tu es triste ? — Oh non ! C'est notre premier Noël. Je pleure toujours les premières fois. » Il la serra contre lui et ils s'endormirent rapidement. Le matin au réveil, Chapireau trouva par terre les petits chaussons de coton offerts par Zac et Marcel. Il les tendit à Laura qui ouvrait un œil. Elle prononça quelques mots inaudibles. Chapireau lui fit répéter. « Je disais que tes fils ne se sont pas foulés. » Elle avait parlé d'une voix goguenarde que démentait son regard froid. Il n'avait pas rêvé, la veille. C'était les mêmes yeux furieux, avec des reflets mauves.

11

Ce matin de Noël, l'allégresse régnait dans la maison. Chapireau avait voulu porter à Laura son petit déjeuner au lit, mais elle avait insisté pour qu'ils se retrouvent tous au coin du feu autour d'un chocolat. Elle avait confectionné elle-même des macarons qui dégageaient une odeur de chaud et de caramel. Elle sortit aussi d'un placard le pain d'épices acheté la veille à la pâtisserie. Elle savait que les garçons aimaient ce gâteau en forme de cœur, avec des bâtons de cannelle roulés sur les bords. «Je suis sûre que tu l'avais vu», dit-elle à Chapireau faussement fâchée, comme pour justifier sa mauvaise humeur dans les rues du village. Chapireau chercha le rapport entre ce pain d'épices et l'hostilité qu'il avait lue chez Laura.

La journée s'écoula très lentement et trop vite. Ils profitèrent d'une éclaircie pour aller marcher le long de la mer. Chapireau fut intarissable sur ses aventures avec Basile et Nénesse. «Si tu les appelais?» le coupa Laura. C'est ainsi qu'ils débarquèrent à Coup-de-Vague en milieu d'après-midi, chargés de pineau, de liqueurs, de chocolats. Madeleine, l'épouse de Basile, entreprit Laura sur les points de crochet. Pendant que les hommes égrenaient le bon vieux temps de *Pélican*, les femmes s'activaient en cuisine pour préparer un apéritif qui se transforma en dîner improvisé. Patricia, que Chapireau appelait affectueusement « madame Nénesse », avait apporté des vêtements de bébé pour Laura. « Garçon ou fille, ils iront très bien », précisa Patricia. Les yeux de Laura brillaient. Chapireau l'observait en silence. Pendant que ses amis racontaient les derniers cancans du port, il ne se lassait pas de regarder la jeune femme sourire, incliner la tête avec grâce. Ses gestes étaient chargés d'une sensualité infinie, comme sa voix qu'elle modulait avec science. Dans sa bouche, les mots prenaient une dimension inconnue. Elle semblait les choisir à dessein pour plaire. Elle y réussissait. Laura était une artiste de l'illusion. Son regard et ses intonations déclenchaient aussitôt l'empathie. Ces dames étaient sous le charme. Zac et Marcel aussi. Benjamin, lui, se tenait à distance. Il connaissait les autres expressions de sa mère.

Les visiteurs partis, Chapireau pressa les enfants de se coucher. Ils réclamèrent un film. « Laisse-les, c'est Noël », plaida Laura. Tous se précipitèrent pour l'embrasser. Elle eut un imperceptible mouvement de recul. Zac sentit une gêne légère, trois fois rien. Marcel fut le seul que Laura enlaça sans réserve.

Au milieu de la nuit, Chapireau vogua dans les mers du Sud. Son esprit l'avait ramené vers sa jeunesse, à bord du croiseur *Duquesne*. Il éprouvait une sensation intense de chaleur. Un obstacle l'empêcha soudain d'avancer. Il entrouvrit les lèvres pour mieux respirer. L'obstacle restait là, plus lourd encore. Quand il ouvrit les yeux, Laura était au-dessus de lui, les seins appuyés sur son visage, semblable à la *Louve du Capitole*. Elle garda un long moment cette posture avant de le laisser entrer en elle doucement, répétant ce mot à son oreille, doucement, doucement.

La journée suivante se déroula dans la même insouciance. Laura demanda de l'aide aux garçons pour jeter les papiers cadeaux qui traînaient par terre. Ils finirent le pain d'épices et les macarons. Ils s'affrontèrent aux jeux vidéo, au Cluedo, à la bataille corse dont Benjamin savait les règles.

Un matin après le petit déjeuner, Laura eut à cœur de vérifier les devoirs de chacun. Elle commença par son fils qu'elle écharpa pour une poésie mal sue. Quelques cris montèrent de la chambre, sans que nul puisse entendre ce qu'elle avait dit à Benjamin pour déclencher sa colère. Elle félicita Marcel de connaître sa leçon d'histoire « sur le bout des doigts ». Quand ce fut le tour de Zac, elle disparut dans la cuisine. C'était l'heure de préparer le repas. Zac attendit qu'elle revienne. Laura oublia. Il en fut satisfait. Le garçon ne tenait pas à ce qu'elle s'occupe de lui.

De réveillons en repas de fête, les poubelles s'étaient remplies. Avant le passage de la benne, Chapireau se chargea de les rouler jusqu'au chemin. Soulevant un des couvercles, son regard s'arrêta sur la boîte de chocolats qu'avaient offerte Nénesse et sa femme. Des chocolats de supermarché, mais quelle importance ? Le pouls de Chapireau s'accéléra. Ils n'avaient pas englouti un kilo de pralinés ! Interloqué, il attrapa la boîte. Elle était pleine. Dégageant les épluchures de carottes et de betteraves dont elle était maculée, il tenta de l'ouvrir. Il dut d'abord ôter le film en plastique avec l'ongle de son pouce. Elle n'avait pas été commencée. Quelqu'un s'en était débarrassé. Le spectacle de ces chocolats au fond de la poubelle lui remua l'estomac. Jamais il ne s'était senti nauséeux devant des pralinés.

Il coinça la boîte sous son bras et repartit. Il brûlait d'interroger Laura. Son instinct lui commanda de laisser tomber. Elle avait pu jeter la boîte par mégarde. Cela arrivait bien pour les petites cuillers. Une boîte de chocolats d'un kilo était plus grosse qu'une cuiller à café, mais il n'avait pas le cœur à réfléchir. Chapireau était un homme d'arrangements. Il déposa les chocolats sur le siège arrière de sa fourgonnette. Il leur ferait un sort à la cabane, les jours de grand froid.

12

S'il avait pu se faire remplacer à Noël pour la vente des huîtres, Chapireau dut mettre les bouchées doubles à la Saint-Sylvestre. Laura avait repris son travail au cabinet. Benjamin était parti chez son père. Chapireau ignorait à quoi il ressemblait. Laura tenait sur lui des propos peu amènes. Chapireau n'essayait pas d'en savoir davantage. Il sentait la crispation de Benjamin quand Laura exécutait son père en trois mots.

La veille du réveillon, en début de soirée, Nénesse se présenta seul à la cabane. Il voulait une belle bourriche d'huîtres. Chapireau la lui offrit spontanément. C'était sans discussion. Nénesse finit par ranger son portefeuille. Les deux compères n'avaient pas besoin de parler beaucoup pour se comprendre. En tendant son colis à Nénesse, Chapireau ne put chasser la vision de la boîte de chocolats au fond de la poubelle. Il eut la sensation que son ami savait. « Et madame ? demanda Chapireau en clignant d'un œil. — À la cuisine ! » répondit Nénesse. C'était une conversation banale et pourtant Chapireau éprouva un malaise. Il pensa que ça venait de lui, de cette histoire de chocolats. Nénesse baissa la voix. «Au fait, ma femme a croisé Laura au marché ce midi.» Chapireau tressaillit. «C'est possible, elle m'a dit qu'elle quitterait son bureau plus tôt pour acheter du foie gras.» Après un silence ennuyé, Nénesse poursuivit: «Elle serait pas un peu bigleuse, ta belle? — Pourquoi tu demandes ça? — Elle est passée devant ma femme sans la remettre. J'ai dit à Patricia: elle t'a pas reconnue. Autrement elle t'aurait saluée, la bonne blague! — La bonne blague!» répéta Chapireau. Il inventa une excuse au hasard: «Laura est myope comme une taupe mais elle refuse de porter des lunettes…» Nénesse lui tendit la main avec un sourire entendu puis il s'éclipsa en remerciant pour la bourriche. La réponse de son ami l'avait rassuré. Myope comme une taupe, bien sûr! Chapireau le suivit des yeux pendant qu'il s'éloignait. Une cliente le ramena à ses huîtres. Il dut lui demander deux fois ce qu'elle désirait. La nuit montait de la mer toute proche. On entendait le ressac invisible qui raclait la côte et soulevait les galets. Chapireau chercha dans la direction où était parti Nénesse. Il aurait voulu le rattraper pour en savoir plus sur Laura, et surtout sur son regard quand elle avait croisé sa femme. L'horizon s'était refermé sur d'énormes nuages qui dessinaient par-dessus l'Océan des montagnes plus vraies que nature. Chapireau fut frappé par cette vision écrasante.

Une heure plus tôt, on distinguait la pointe de l'Aiguillon et jusqu'à la Vendée. Le paysage donnait l'illusion d'une métamorphose soudaine, comme la vie qui bascule parfois. L'obscurité venait de recouvrir les marais et les digues. Au passage, elle avait noirci l'âme de Chapireau.

Ce soir-là, il rentra tendu à Coup-de-Vague. La réflexion de Nénesse lui trottait dans la tête. Ces montagnes d'encre noire l'avaient impressionné, tel un mauvais présage. La menace du tonnerre. Laura l'attendait devant la cheminée, un verre de champagne à la main. Ils avaient prévu de réveillonner rien que tous les deux. Une soirée simple au coin du feu. Zac et Marcel étaient chez leurs grands-parents maternels. Benjamin ne rentrerait pas avant trois jours. Quand elle s'avança vers lui, Chapireau oublia ses tourments. Elle portait une longue robe de soirée. Une robe anthracite, si près de la peau qu'elle magnifiait sa nudité. Il ne l'avait jamais vue habillée ainsi. Laura se colla à lui. En l'embrassant, il eut l'impression que le cœur de la jeune femme s'était mis à battre dans sa propre poitrine. Ils délaissèrent le dîner. Laura avait déplié une couverture de coton sur le canapé tiédi par les flammes. Ils s'y jetèrent avec passion. Chapireau tâtonna pour trouver un bouton ou l'ouverture de la robe. Sans succès. Laura ne put s'empêcher de rire. «Je ne vois qu'un moyen, murmura-t-elle en montrant la paire de ciseaux qui brillait. — Tu crois?» répondit Chapireau. Une appréhension traversa son regard. Comme un pressentiment.

Laura hocha la tête, se releva et fit quelques pas vers la cheminée. «Vas-y, je ferme les yeux.» Elle s'immobilisa, le dos contre le foyer brûlant, confiante, abandonnée, les bras détachés du buste, pendant qu'il avançait avec ses ciseaux, deux flammes volées au feu. Laura attendait que son prince charmant la délivre. «Tu es sûre?» fit Chapireau décontenancé. Elle acquiesça d'un battement de paupières. Il cisailla l'air avec le pouce et l'index. Elle riait de plus belle, debout devant le foyer, attendant la caresse de la lame. «Vas-y, je te dis!» Il s'abaissa enfin aux pieds de la jeune femme. Il attaqua la chair de la robe avec la sensation pénible de découper Laura. Elle sentit son hésitation. Il lui sembla qu'elle le provoquait. C'était un jeu étrange et inattendu dont il découvrait la règle. Il remonta lentement le long des chevilles, frôla le pubis, puis s'éleva au-dessus du ventre à peine bombé par le début de la grossesse. La robe résistait par endroits. Il dut s'y reprendre plusieurs fois. Sa main tremblait un peu. Quand il eut enfin dénudé la poitrine, une blancheur éclatante effaça le noir de la robe tombée à terre. Il poussa un soupir de soulagement. Laura était magnifique. Les taches de rousseur constellant ses seins composaient une brassée de blé mûr.

Chapireau n'eut pas besoin de lui retirer ses lunettes. Elle n'en portait pas plus que de lentilles. Laura voyait à la perfection. Ils passèrent la nuit au salon, bercés par le craquement des bûches et le souffle de la cheminée. Quand il se réveilla, Laura était allongée sur lui. De la femme de Nénesse au marché du matin, ou des chocolats dans la poubelle, il ne parla pas. Le feu était mort mais quelques braises rougeoyaient. En se levant pour les ranimer, il ressentit une vive douleur au pied. Il venait d'écraser une coupe de champagne oubliée sur le tapis.

13

Après la rentrée de janvier, leur existence poursuivit son cours sans accroc. Chapireau effectua plusieurs marées à Cancale. Il revint exténué par les heures passées dans l'eau froide et l'enchaînement des kilomètres sans sommeil. Mais on se bousculait pour acheter ses huîtres. Il comptait des clients dans tout le département. Un couple venait même de Gironde, attiré par le parfum de noisette de ses fines de claire.

À Coup-de-Vague, Laura prenait ses marques avec Zac et Marcel. Benjamin était parfois morose, travaillé par des soucis qu'il gardait pour lui. Il se chamaillait avec sa mère au sujet de son père ou de son travail à l'école, ou sur d'autres choses plus secrètes. Pas une plainte ne venait aux oreilles de Chapireau. Ni les énervements de Laura quand Zac et Marcel laissaient leurs affaires traîner n'importe où. Une belle-mère novice face à des préadolescents, la partie n'était aisée pour personne et, somme toute, elle s'en sortait bien. Laura tentait d'instaurer des règles.

Une feuille punaisée à la cuisine prévoyait les tours de rôle pour le couvert, débarrasser la table et la nettoyer, sortir les poubelles. Chapireau se chargeait d'emmener Benjamin au judo le samedi. C'était sur sa route quand il fournissait le marché de La Pallice. Laura déposait Zac au football le mercredi. Elle aidait Marcel à ses devoirs.

Laura se montrait sévère sur la politesse et la propreté. Elle tolérait mal qu'on ne lui dise pas bonjour, qu'on ne se lave pas les mains avant de passer à table, qu'on ne se douche pas, le matin de préférence, et le soir s'il le fallait. Benjamin obtempérait par habitude, Marcel pour ne pas avoir d'histoires et un peu aussi pour lui faire plaisir. Le rebelle, c'était Zac. Il disait « salut », s'il disait quelque chose. Il se lavait les mains une fois de temps en temps. Quant à la douche, il ne connaissait pas de juste milieu, capable de la fuir une semaine entière ou d'y passer des heures. Ce n'était pas très grave, mais assez pour indisposer Laura. Elle n'en montrait rien et laissait Chapireau dans l'illusion que tout allait bien.

Zac sentait l'animosité de sa belle-mère. Elle s'était fait son idée : tant qu'il la regarderait avec ces yeux — mais en avait-il d'autres ? — il n'y aurait pas de bonheur possible. Ce serait elle ou lui. Elle ou lui avec ses airs de Nélie la morte, la couturière démodée, la lectrice de romans de gare, Nélie le fantôme de Coup-de-Vague réincarnée en son fils.

Laura gardait cette violence pour elle car elle en avait peur. Elle finissait par se raisonner, mais sa relation avec Zac n'était pas celle d'une adulte face à un enfant. Plutôt le combat de deux adolescents pour gagner la préférence du père. Aveuglé par l'amour, Chapireau ignorait ce qui se tramait dans le non-dit des jours et des êtres. L'eût-il deviné qu'il aurait dû résoudre un dilemme impossible avec, au cœur de tout, l'enfant que Laura portait en elle comme une bulle de joie.

14

Les invitations aux galettes des Rois furent autant d'occasions pour Laura d'exercer son charme. Il opérait sur tout le monde, petits et grands, à la mairie de Marsilly où Chapireau livrait ses huîtres, chez les boucholeurs de la baie qui fêtaient ensemble l'Épiphanie, ou encore à la caserne des pompiers : on ne tirait jamais les Rois sans Chapireau depuis qu'il avait fourni ses réserves d'eau pour éteindre l'incendie des silos, deux ans avant. Il fut très fier de venir en force, avec Laura et leurs trois grands. La fierté d'avoir reconstruit une famille irradiait tout son être.

À la fin de janvier, la jeune femme devint très irritable. Sa décision de ne plus fumer lui écorchait les nerfs. Elle supportait mal la turbulence des garçons. Ça ne collait vraiment plus avec Zac. En confidence, elle alertait Chapireau. Elle lui disait combien il était nocif pour son jeune frère qu'elle tenait en affection. Sans doute à cause de la ressemblance de Marcel avec son père, ou de sa non-ressemblance avec sa mère. Laura critiquait en sourdine la façon dont Nélie avait élevé ses fils. Par ses remarques insidieuses sur la politesse ou l'hygiène, à petites touches, s'avançant prudemment, elle laissait entendre que Nélie n'avait pas été une si bonne mère. C'était distillé, l'air de rien. Quelques gouttes de venin dans un sourire.

Chapireau redoublait d'ardeur pour la pousse des huîtres. Des semaines durant, il se leva dès quatre heures du matin. La naissance était prévue à la fin du printemps. Il tenait à s'avancer pour être libre le moment venu. Il rentrait très tard, s'il rentrait. Souvent il dormait à la cabane. Pas mal de bourriches avaient été volées. Il veillait sur un matelas de fortune, son fusil à portée de main. S'il pouvait, il passait vers sept heures du soir embrasser Laura et les enfants. Il dînait sur le pouce avec eux puis repartait. Caresser ce ventre en expansion l'emplissait de joie.

Chapireau prêtait peu d'attention aux silences de Zac et aux airs contrits de Marcel. Il se doutait bien que tous ces bouleversements dans leur vie dérangeaient leurs habitudes. Mais il n'y voyait que du bon pour eux. Il leur demandait d'être gentils avec Laura. Il ne releva pas lorsque, un soir, Marcel glissa dans son oreille : « Alors, dis à Laura d'être gentille avec Zac. »

Laura regardait toujours Chapireau avec les yeux de l'amour. En apprenant qu'elle attendait une fille, il s'était convaincu des bienfaits du destin. La vie repartait là où il l'avait laissée. Enfin il respirait. Les anicroches entre Laura et ses fils, il les mettait sur le compte de la grossesse. Il ne voyait pas l'ombre grandir à l'intérieur de la jeune femme. Il était du côté de l'avenir.

Un après-midi, pourtant, les choses prirent une tournure plus vive. Un fournisseur s'étant décommandé, Chapireau rentra plus tôt à Coup-de-Vague. Comme il approchait de la maison, il entendit des cris. C'était la voix de Zac mêlée à une voix de femme à bout de nerfs. « Tu verras ce qu'en dira ton père ! hurlait Laura. — Justement, je suis là ! » fit Chapireau. L'atmosphère pesait des tonnes. Zac était assis sur une chaise de la cuisine. Laura le toisait. « Que se passe-t-il ? avait demandé Chapireau. — Ton fils est un voleur ! » répliqua Laura sèchement. Zac avait planté ses coudes sur la table et cachait son visage dans ses mains. Il grommela puis disparut en courant.

Le dîner manqua d'entrain. Benjamin était contrarié par les proportions qu'avait prises l'incident. Une banale histoire de tee-shirt qui avait disparu de son armoire pour se retrouver dans celle de Zac. Les choses étaient rentrées dans l'ordre, les garçons avaient fait la paix. Ils n'avaient pas voulu de dessert et s'étaient éclipsés sans bruit dans leurs chambres. Les chuchotements avaient remplacé les rires habituels.

Alcide avait réclamé des explications. Laura avait repris son air aimable. « Rien de grave, mon chéri. Il fallait rappeler Zac à l'ordre. » Elle avait parlé avec douceur. Elle avait aussi insisté pour que Zac se fasse couper les cheveux. Chapireau était resté dormir à Coup-de-Vague. Il n'avait trouvé le sommeil qu'à l'aube.

Le lendemain matin, Laura fit connaître sa décision : la petite fille qui mûrissait dans son ventre, leur sœur à tous, s'appellerait Automne. Ils avaient accueilli la nouvelle avec une gaieté prudente. Chapireau, qu'elle n'avait pas averti, s'était fondu dans leur joie factice. Il savait se contenter des apparences.

15

Les vacances de février apaisèrent les esprits. Un samedi en milieu de journée, un homme sonna à Coup-de-Vague. Laura laissa Benjamin lui ouvrir. L'enfant fit retentir un sonore « papa ! » qui remua Chapireau. Dans ce mot minuscule affleurait tout le manque ressenti par un fils, et sans doute aussi, témoin le large sourire de l'ex — jamais Laura ne l'avait appelé par son prénom —, la mélancolie d'un père séparé de son garçon. Un type rigolard à la franche poignée de main se présenta sans façon : « Michel. Je viens chercher Benji. » Pour cet homme au regard tendre, Benjamin était Benji.

Michel félicita Chapireau pour sa belle maison et le point de vue sur la baie. Il demanda à son fils s'il avait emporté des vêtements chauds, s'il avait pensé à ses affaires de classe, à ses rollers. Puis ils s'éloignèrent sans tarder. La veille, Alcide avait déposé Zac et Marcel chez leurs grands-parents maternels. Il devait prendre sur lui pour les conduire dans cette maison de La Rochelle où habitait Nélie quand il la fréquentait, au début. Le contact restait douloureux avec ses anciens beaux-parents que les enfants appelaient Papillon et Mamillon. Le couple semblait lui reprocher de n'avoir pas disparu avec leur fille. D'avoir « refait sa vie » attisait la culpabilité de Chapireau.

Papillon et Mamillon avaient un faible pour Zac. Pour les mêmes raisons qui le faisaient détester par Laura. Ils retrouvaient en lui les traits ressuscités de Nélie. Longtemps cette ressemblance avait rassuré Chapireau. Il y voyait la survivance de sa femme perdue. Maintenant c'était différent. À travers Zac, Nélie était le témoin de sa trahison. Mais qui parlait de trahir ? Il songea que d'amener son fils chez le coiffeur ne changerait rien.

Après le départ de Benjamin, Chapireau avait confié ses parcs à huîtres à un collègue. Il voulait être libre pour Laura. De retour à Coup-de-Vague, il trouva la jeune femme étendue sur le lit, un livre à la main, indifférente à sa présence. Sans qu'il sache comment ni pourquoi, un gouffre venait de s'ouvrir entre eux. L'angoisse lui comprima la poitrine. Chapireau eut le présage qu'il pourrait tout perdre et même la vie. Cette sensation, tous les hommes de mer l'ont éprouvée un jour ou l'autre. Elle venait d'envahir sa chair, d'épaissir ses artères et son sang. Elle ne disait pas son nom mais il la connaissait. C'était une peur diffuse. Silencieuse et sans merci. Une peur qui ne lâche plus quand elle tient sa proie, qui ne prévient jamais. La peur qu'ont parfois les marins d'être aspirés par le fond.

Sur l'étagère qui courait de son côté, à la place des bibelots, Laura avait installé plusieurs piles d'ouvrages. Les titres parlaient religion, psychologie, ésotérisme, médecine parallèle. Rien qui rassurât Chapireau. Derrière sa muraille de papier, la jeune femme l'ignora. Le lendemain, sans plus d'explications, elle ne quitta pas la chambre, sauf pour croquer une pomme et se préparer du thé. Chapireau lui demanda si elle se sentait bien. Elle le fixa comme un étranger puis replongea dans ses pages.

Jour après jour, les livres s'entassèrent au chevet de Laura, colonisant le tapis de la chambre, le parquet, le fauteuil près de sa table de nuit, le pied du lit. Plus un mot ne sortit de sa bouche. C'est seulement quand elle recevait un appel que sa voix revenait, douce, enjouée, rassurante. Normale. Laura semblait délivrée. Elle émergeait d'un arrière-pays sombre et tourmenté vers lequel, et de toutes ses forces, elle entraînait Chapireau. À peine le téléphone reposé, Laura retournait à son mutisme. La chaleur, c'était pour les étrangers, ceux qui échappaient aux sentiments. Chapireau tentait en vain de prolonger l'échange. Le silence retombait. Un silence électrique. Laura poursuivait sa lecture. Seuls un voile sur son regard et la nuit dans ses pupilles trahissaient son état. Ils devaient en savoir long sur ce regard, au cabinet d'iridologie.

Avec le temps, la mémoire de Chapireau avait

gommé les détails de ce huis clos. L'oubli l'avait aidé à vivre. Mais certaines images résistaient. Il se souvenait du souffle de Laura, de ses soupirs agacés quand il entrait dans une pièce. Elle sortait sans rien dire, soufflant de plus belle. Peut-être l'avait-il tuée rien que pour ça : ne plus l'entendre soupirer.

Cette semaine-là, Laura vécut en sauvage. À ce moment précis, il aurait fallu que chacun remonte aux sources de son enfance. Mais la vie des amoureux n'est pas un train fantôme. On aime en effaçant les ombres du passé. L'amour est indiscutable, à prendre ou à laisser. Alcide et Laura s'étaient unis avec leurs blessures. Elles étaient le sang noir de leur passion. En s'aimant, ils étaient tombés chacun dans les failles de l'autre.

Tout colosse qu'il était, Chapireau était couturé de cicatrices. Nélie l'avait aidé à les refermer. Laura les rouvrait une à une. Enfant, à chaque querelle de ses parents, il plaquait ses mains contre ses oreilles. Il criait à tue-tête pour couvrir le tumulte des grands. Il criait. En bon fils unique, il portait seul le poids du désastre. Dans l'espace qui séparait ses parents, à l'endroit où pleuvaient leurs invectives, il n'avait trouvé d'autre abri que ses paumes arrondies en coquillages où voguait son imagination. Des horizons marins, des bateaux, des goélands. Gamin, il souffrait de pénibles conjonctivites qui le forçaient en pleine journée à s'allonger dans l'obscurité, volets fermés, un gant d'eau tiède posé sur les yeux. Tout en lui refusait de voir. Cette allergie, c'était sa défense passive, sa résistance de fils livré aux folies des adultes. Elle avait disparu sitôt qu'il avait pris le large sur le *Duquesne*.

Laura aussi était une enfant unique. Ses parents s'adoraient. Sa mère n'avait d'yeux et de caresses que pour son père. Laura était l'intruse. Mal aimée par deux êtres qui s'aimaient trop. À l'adolescence, elle se mit en chasse d'un amour exclusif. Elle vrilla les nerfs de ses prétendants, enfonçant toujours plus profond la pointe de sa douce cruauté. Laura poussait à bout ceux qui la chérissaient. Les preuves qu'elle exigeait n'étaient rien d'autre que des épreuves. Elle détruisait. Elle était la première à détruire. Une force obscure la dépassait. Certains êtres vous démolissent à coups de poing. Laura frappait avec des mots. Des soupirs et des mots. Des silences et des mots. Il fallait qu'on l'aime malgré tout. Par-dessus tout. De l'amour, elle n'aimait que l'impossible.

Pendant cet épisode irréel, Chapireau résista au découragement. Tard le soir, elle s'allongeait loin de lui. Le plus loin possible. L'espace ne cessa de grandir. Leur drap forma une banquise. À l'approche du sommeil, Chapireau risquait une main. Laura s'écartait encore, au bord du vide. Une nuit qu'elle avait disparu, il finit par la découvrir dans le lit de Benjamin. Elle n'en bougea plus. De guerre lasse, il était reparti travailler dans ses claires, une boule de chagrin dans la gorge. Il était méconnaissable, ne sachant que faire, à l'affût de la moindre éclaircie. Il éprouva un soulagement passager quand Laura bêcha un coin du jardin pour y planter des impatiences. Il en conclut qu'elle ne comptait pas s'en aller.

Quand il téléphonait à ses enfants, leurs voix gaies le réconfortaient. Au moins étaient-ils heureux de l'entendre. Désormais une barre lui comprimait le thorax. Il n'avait pas consulté. Pour cela, il aurait fallu qu'il pense à lui. Il ne pensait qu'à Laura, à l'humeur de Laura. Il rentrait tard, avec l'espoir qu'elle serait de nouveau comme avant. Jusqu'à cette soirée où elle lui asséna que ce bébé, il ne fallait plus y compter. Chapireau s'était effondré. Elle l'avait regardé pleurer comme un enfant. Une expression de triomphe avait traversé son visage. Elle ajouta que c'était son ventre, sa décision, elle ne reviendrait pas dessus. Le silence les avait assommés. Du temps s'était écoulé lorsque, étendu en travers du lit, à demi inconscient, Chapireau avait senti une main sur ses cheveux. En rouvrant les yeux, il l'avait vue près de lui, qui l'observait avec tendresse. Elle promit que son petit, s'il le voulait tant, elle le lui donnerait. Ils s'aimèrent avec le désespoir des naufragés. Chapireau s'était retrouvé en nage. Une voix lui souffla qu'il n'y aurait aucun survivant mais, bien sûr, il ne l'avait pas écoutée.

Le matin, chacun s'était gardé de prononcer un seul mot. Ils avaient marché le long de la mer. Laura avait attrapé la main de Chapireau puis l'avait serrée comme un étau. C'était sa manière de lui revenir, de revenir à elle. À son tour, il avait broyé la main de Laura. Plus tard, les enfants étaient rentrés. La vie avait repris son cours. Chapireau se persuada qu'il avait rêvé. Il savait pourtant l'essentiel sur Laura. Le doux elle le durcissait. Le chaud elle le refroidissait. Le beau elle le salissait. Comme d'autres ont le vin gai, elle avait l'amour triste.

16

Hélène était une petite dame au visage expressif. Chacune de ses rides racontait une histoire qu'elle gardait pour elle. Chapireau l'avait connue chez Laura quand elle vivait encore dans son petit appartement de Marsilly. Il avait d'emblée perçu leur proximité. Hélène avait eu des milliers d'enfants. Elle était la plus ancienne sage-femme de l'hôpital. C'est elle qui la première avait tenu Benjamin dans ses bras.

Chapireau n'avait parlé à personne de cette semaine traumatisante passée avec Laura. Il savait que Nénesse et Basile ne lui seraient d'aucun secours. Il se posait tant de questions insolubles qu'un matin il voulut rencontrer Hélène. Intuitivement, il sentait qu'il pouvait lui faire confiance. Malgré sa surprise, elle accepta. C'est ainsi qu'une fin d'après-midi ils se retrouvèrent dans un café du Vieux-Port. « Ce n'est pas facile », se lança-t-il. Était-ce la fatigue des accouchements ? Hélène lui parut plus âgée que dans son souvenir. Son regard dégageait une douce humanité. Il relata sa semaine avec Laura, ses sautes d'humeur, son comportement, tout. À mesure qu'il parlait, sa voix devenait un filet. Le pourtour de ses paupières était rouge. Il semblait épuisé. Quand il eut fini, Hélène resta un moment silencieuse. Elle connaissait bien Laura, ses excès qui avaient éloigné tant d'hommes, à commencer par le père de Benjamin. «Elle a besoin de beaucoup d'amour, fit Hélène. Elle est comme un enfant qui doute d'être aimé. Cela vient de loin, vous n'y pourrez rien.» La sage-femme allait poursuivre mais elle s'arrêta. Il n'osa pas insister. Elle se serait reproché de trahir Laura. Bien qu'elle n'en laissât rien paraître, elle était ennuyée de cette rencontre. Elle imaginait la réaction de son amie si elle les avait surpris à la terrasse de ce café. «Elle est enceinte, termina Chapireau d'une voix qu'il aurait voulu légère. — Je sais», sourit Hélène. Chapireau s'étonna qu'elle soit au courant. La sage-femme attrapa son bras quand il allait se lever. «Ne vous inquiétez pas. Elle vous le donnera, cet enfant. Après…» Les rides s'accusèrent sur le visage d'Hélène. «Après, il faudra beaucoup l'aimer.»

17

Dans les temps qui suivirent, aucun incident grave n'éclata. Si Laura souffrait du manque de tabac, elle prenait sur elle pour ne rien montrer. Marcel et Benjamin étaient de nouveau exubérants. Leur complicité s'exprimait en toute occasion, autour des boîtes vides de Ricoré qu'ils transformaient en percussions, ou du vieux flipper de café acquis par Chapireau, dont ils faisaient vibrer les champignons lumineux jusqu'au « tilt ». Seul Zac offrait un visage fermé. Ses résultats scolaires laissaient à désirer. « Il ne veut pas que je l'aide », regrettait Laura quand Alcide s'inquiétait des notes de son aîné. Il n'avait pas toujours la force, le soir en rentrant, ou après dîner, d'épauler Zac. Il tenta pourtant de le soutenir en maths et en sciences naturelles. Alcide aimait les équations, même s'il n'était pas allé très loin à l'école. L'algèbre l'amusait. C'est avec les femmes qu'il perdait son sens logique.

Sa sonnerie était réglée sur quatre heures du matin mais il se réveillait toujours avant. Ses doigts hésitants désactivaient le mécanisme. Il ne voulait pas gêner Laura. Une nuit, il entendit une voix qui l'appelait. Le radium des aiguilles indiquait à peine trois heures. Sans allumer, il se dirigea titubant dans la direction de la voix. Marcel dormait. Assis sur son lit, Zac pleurait. « Que se passe-t-il ? demanda Alcide en cherchant la veilleuse, mécontent d'avoir dû se lever si tôt. — Je ne sais pas, répondit Zac. — Tu ne m'as pas appelé ? » À présent que son père était près de lui, il restait muet. Alcide vérifia qu'il n'avait pas de fièvre. Il lui demanda s'il avait mal quelque part. « Non », fit Zac. Ils parlèrent un moment de tout et de rien. L'important pour Zac était d'accaparer son père, de l'avoir tout à lui, sans Marcel ou Benjamin. Sans Laura. Alcide allait partir se recoucher quand son fils demanda le foulard de soie noué à son cou. « J'aime bien te sentir », avait murmuré Zac en respirant l'étoffe tiédie par la chaleur de son père.

La même scène se répéta la nuit suivante. L'appel de Zac, la déambulation approximative de Chapireau qui, cette fois, s'était muni d'une lampe de poche. « J'ai fait un cauchemar, finit par avouer Zac. On était tous les trois comme avant, Marcel, toi et moi. Tu avais promis un harmonica à Marcel. Mais tu n'avais pas assez d'argent, alors tu lui offrais un couteau. Marcel s'en servait comme d'un harmonica. Plus il jouait, plus son sourire s'agrandissait. » Chapireau regarda Zac avec inquiétude. Ce sourire ensanglanté le poursuivit jusqu'au matin. Leurs rendez-vous secrets se prolongèrent. Zac se sentit mieux. Il ne rêvait plus d'un couteau mais les cernes ombrant son visage lui donnaient l'air maladif. À deux reprises, il s'était assoupi en classe. Chapireau reçut une convocation du professeur principal. Il expliqua les insomnies de son fils. Jamais l'idée de la pension ne l'avait traversé. C'est après sa discussion avec l'enseignant qu'elle germa dans son esprit.

Un week-end, comme il se trouvait seul avec Zac au retour du marché, Chapireau parla de l'internat. Il prit une voix dégagée, glissant que, pour sa part, c'était là qu'il s'était fait ses meilleurs copains. Assis près de lui dans l'auto, Zac n'avait pas répondu. Quand il stoppa à un feu rouge, son père remarqua qu'il pleurait. « C'était pour parler, fils. Oublie ça. »

18

Zac et Marcel étaient en ville, ce mercredi. Ils rentreraient par le bus de sept heures du soir. Benjamin avait séché le judo. Une mauvaise toux lui brûlait les bronches. Allongé sur son lit, il écoutait de la musique. Laura était en congé maternité depuis quelques jours. Chapireau s'activait à la cabane. Il s'en voulait d'avoir parlé de pension à Zac. Quand il rentra à Coup-de-Vague, Laura pestait. Zac et Marcel avaient-ils abrégé leur sortie ? Chapireau se demanda ce qu'avaient bien pu faire ses fils pour déclencher pareille tempête. Il monta l'escalier, prêt à s'interposer, l'angoisse comprimant déjà ses entrailles. Ce n'était pas facile de faire entendre raison à Laura. Elle trouvait chaque fois un argument pour le désarmer. Il s'arrêta net sur le palier. C'était la voix de Benjamin. Une voix comme il ne l'avait jamais entendue. Rauque, hostile, une voix d'homme, lui qui n'avait pas quatorze ans. Chapireau hésita. Allait-il intervenir ? C'était deux chats qui se battaient à mort. « Tu n'avais pas le droit ! criait Benjamin. — Je vais me gêner ! rétorquait sa mère. — Et tu vas me faire le plaisir de retravailler ce torchon au lieu d'écouter tes musiques débiles ! » Elle claqua la porte de la chambre et tomba sur Chapireau. « Tu étais là ? » Ils entendirent un bruit sourd chez Benjamin, comme une pile de dictionnaires jetée sur le plancher. « Je te défends de lui parler, fit Laura. Il dit qu'il est malade. Je le laisse tranquille et voilà qu'il met sa musique. » Chapireau ne voyait pas le problème. « Benjamin a une rédaction pour demain. J'ai voulu la lire. Un désastre. Pas étonnant, avec cette musique. Je suis entrée dans sa chambre. Il était affalé sur sa couette avec tous ses CD. Je les ai balancés par terre, rien de plus. » Chapireau se taisait. Dans sa colère, le visage de Laura s'était métamorphosé. Avec sa bouche tordue et sa voix de gorge, cette violence qui sourdait de tout son être, elle ne se ressemblait plus. La porte de la maison claqua. Chapireau la laissa filer. Quand elle fut loin sur le chemin, il alla frapper à la porte de Benjamin. « C'est moi, Alcide. — Entre. »

C'était un champ de bataille. « Que s'est-il passé ? demanda Chapireau. — Tu vois bien. Un ouragan qui s'appelle maman. » Chapireau s'assit sur un coin du lit. Il parcourut la pièce des yeux. Des dizaines de CD gisaient au sol. « Les enregistrements de mon père. Un jazz d'enfer. Elle ne supporte pas. Avant elle adorait, mais maintenant… » Il glissa un disque sur sa chaîne. Une trompette solitaire envahit la chambre. « C'est ça qui l'énerve. Je crois qu'ils se sont connus sur cet air. Je ne pouvais pas deviner. Je ne suis même pas sûr que ce soit vrai. Elle a voulu me donner une petite leçon. Ici je suis chez elle, pas chez lui. Elle est entrée comme une furie et elle a viré tous les CD. Elle a même arraché l'étagère, il va falloir remettre des chevilles pour que ça tienne. » Benjamin parlait froidement, le regard fixe. Ses joues brûlaient de colère et de fièvre. Il faisait le dur quand une quinte de toux le secoua. Chapireau partit lui chercher un verre d'eau. En revenant, il vit Benjamin pleurer.

Laura rentra en même temps que Zac et Marcel. Ils marchaient en bavardant sur le chemin de Coup-de-Vague. Elle les avait rejoints près de l'arrêt de bus. Avec le vent d'ouest, leurs voix portaient vers la maison. Chapireau se planta devant l'entrée et les attendit. Ils approchaient d'un pas léger. Laura était gaie. Elle racontait des histoires qui semblaient ravir les garçons. En passant devant Chapireau, elle posa sur ses lèvres un baiser mutin. « Tes fils m'ont demandé une vraie purée, alors je file à la corvée de pluche. » Il ne fut plus question de la rédaction de Benjamin ni des musiques de son père. Laura lui monta un bouillon chaud avant qu'il s'endorme. Aucun éclat ne sortit de sa chambre.

Un autre soir entre chien et loup, Chapireau avait trouvé la maison étrangement silencieuse. Une radio grésillait quelque part à l'étage. Personne n'avait répondu à ses appels. La chambre de ses fils était vide, comme celle de Benjamin. C'est en s'approchant de la fenêtre du palier que son sang s'était figé. La scène dont il fut témoin paraissait si improbable qu'il l'effaça. C'était sa manière à lui de s'absenter de sa propre vie : refuser de voir ce qu'il voyait. Dehors, plongées dans l'encre de la nuit, des silhouettes s'agitaient. Le nez au carreau, il ouvrit la bouche mais aucun son n'en sortit. C'était une histoire sans paroles. Malgré l'obscurité, il vit Laura saisir Zac à la gorge, et Zac serrer le cou de Laura. Il vit cela. Puis Benjamin tenta de maîtriser sa mère tandis que Marcel pesait sur les épaules de son frère. Chapireau ferma les yeux et les rouvrit. Il n'y avait plus personne. Il entendit des pas dans la maison, et des voix. Des voix normales. Laura demandait à son fils de prendre une douche. Zac et Marcel se taquinaient. Au dîner, chacun raconta sa journée avec entrain. Un fou qui parlait tout seul dans le bus de ramassage scolaire, une bataille de yaourts à la cantine, une interro surprise par une peau de vache en géo. Chapireau ne posa aucune question. Il avait pourtant repéré les traces rouges dans le cou de Laura, et les mêmes dans celui de Zac.

19

Le printemps surgit d'un coup sur la côte. Le thermomètre remonta brusquement. On eut chaud soudain, les pulls et les chemises d'hiver se mirent à peser, comme aussi les lourds rideaux poussiéreux du salon et des chambres. Le ciel s'enveloppa d'un bleu moins transparent. Chacun respira de tout son être la tiédeur des premiers soleils. À Coup-de-Vague, on prit ce temps clément pour un cadeau de bienvenue. C'est dans ce souffle printanier qu'apparut Automne.

La nuit d'avant, Laura s'était tournée et retournée, cherchant sans succès une position de repos. Le bébé était gros dans son ventre et manifestait son impatience par de vigoureux coups de pied. Parfois elle promenait la main de Chapireau pour qu'il apprécie lui-même son énergie. Sous sa paume, de petites bulles semblaient éclater. Laura sentait un ouragan se lever en elle. Rien à côté de celui qu'elle déclencha.

En début de matinée, Chapireau avait pris sa fourgonnette pour une course à la cabane. Quand il revint, Laura avait disparu. Il eut beau appeler, crier, explorer la maison, faire le tour du jardin jusqu'au banc devant la mer où elle aimait s'asseoir, elle resta introuvable. Au garage, la voiture de la jeune femme n'avait pas bougé. Un début de panique le gagna. À la maternité où il fila en trombe, on n'avait enregistré aucune entrée au nom de Laura. De retour à Coup-de-Vague, il se planta près du téléphone, redoutant le pire.

Elle avait attendu que Chapireau s'en aille. Cette naissance, elle l'avait préparée depuis des semaines. La dernière échographie l'avait rassurée. L'enfant se présentait bien. Elle avait emporté une couverture, des langes et des habits de nouveau-né, des compresses, un coussin, des ciseaux d'argent dont elle avait pris soin de brûler chaque lame au feu de la cuisinière, le tout dans un sac de toile garni de sachets en plastique et de coton pour endiguer le flot rouge de son ventre. Elle avait marché sur le chemin de la côte en chantonnant. Elle s'était sentie libre comme jamais. Elle avait seulement prévenu Hélène, «j'accoucherai au bord de l'eau, ce sera merveilleux». Hélène s'était inquiétée. Elle avait pensé prévenir Chapireau mais, connaissant Laura, la sage-femme avait pris sur elle de l'assister en catimini. «Tu me jures que tu viendras?» avait insisté Laura. Hélène avait promis. Elle se tiendrait d'abord à bonne distance, assez près toutefois pour voir le foulard que Laura finirait par agiter pour réclamer son aide. C'était entendu. Le ciel était propice, et aussi la douceur de l'air, la lumière pastel, la pierre blanche et légèrement inclinée, repérée de longue main, sur laquelle elle put s'étendre de tout son long, le coussin sous la nuque. Qui aurait soupçonné qu'une femme enfanterait dans ce repli de falaise ? Seule Hélène savait.

Chapireau ne vivait plus. Malgré son inquiétude, il continuait de faire confiance à Laura. Elle n'était pas fâchée lorsqu'il s'était absenté pour la cabane. Au contraire, elle l'avait encouragé : «Prends ton temps. Le bébé ne sera pas là de sitôt.» Une heure s'écoula, puis une autre. Il tentait de se rassurer. Il allait recevoir un appel et tout s'éclairerait. Il comprendrait qu'il n'aurait pas dû s'affoler. Un pressentiment, soudain, le traversa. Il pensa à ces chattes qui se cachent pour mettre bas. Il sortit sur le front de mer et observa les longues étendues de galets couverts de sel et d'algues brunes. L'eau recouvrait à présent une partie de la plage. Le ciel exultait, festonné de petits nuages clairs qui défilaient lentement dans l'allégresse du matin. La réverbération du soleil sur la mer créait l'illusion d'une barrière de corail. Comme chaque fois, cette vision l'apaisa. Son regard balaya le rivage. Il aperçut alors une voiture garée au milieu de nulle part. Devant le capot, une femme aux cheveux gris fixait un point sur la falaise. La silhouette était trop éloignée pour qu'il puisse l'identifier. Quand il reconnut Hélène, il se mit à courir en criant son prénom. L'amie de Laura tenait dans ses mains une paire de jumelles. Pivotant dans sa direction, elle lui signifia de se taire, comme l'aurait fait un chasseur pour ne pas effrayer un animal craintif. C'était un drôle de gibier qu'elle avait dans sa mire. Essoufflé, le cœur douloureux, Chapireau venait de comprendre. «Vous êtes dingues! s'écria-t-il, laissant éclater sa colère. — Ne vous inquiétez pas, fit Hélène avec calme. Je vais intervenir.» Chapireau s'était saisi des jumelles d'un geste brusque. Il ne disait plus rien. Ses yeux eurent d'abord du mal à régler l'image. Il voyait deux Laura. Ses doigts impatients tournaient trop vite la molette. Hélène rejoignit la jeune femme, une petite valise de soins serrée contre elle. Le foulard avait surgi d'entre les pierres, en contrebas. «Restez là pour l'instant, souffla-t-elle avant de disparaître. Je vous appellerai quand vous pourrez venir.» Chapireau avait la gorge nouée. Il répondit d'un hochement de tête. Sa vue se brouilla. Était-ce la peur ou la joie, ou ces sentiments mêlés avec le soulagement de découvrir Laura vivante et donnant la vie? Il pleurait comme un enfant.

Le travail dura deux bonnes heures. Hélène revint à la voiture. «Elle voulait savoir où en était son col. Elle a du cran.» Ses mots électrisèrent Chapireau. Une gratitude infinie monta en lui. Ils restèrent à l'observer, se passant les jumelles à tour de rôle. Une voiture ralentit à leur hauteur. Le passager baissa sa vitre pour savoir ce qu'ils guettaient. «Le pape!» lança Hélène d'un ton qui abrégea la conversation.

La bouche de Laura remuait. «Elle crie! s'inquiéta Chapireau. — Non, elle lui parle, répondit la sage-femme. Si elle souffrait trop, elle agiterait le foulard. » Il essaya de lire sur ses lèvres. Elle disait des mots simples, tiens bon, te voilà, je vais te protéger, je t'aime.

Pendant de longues minutes, il ne se passa rien. Laura respirait profondément comme elle avait appris. Elle détendait chaque fibre de son corps. Les douleurs qui l'assaillaient, elle les ignorait. Elle poussait, se retenait, haletait, poussait, mobilisant ses forces sans compter. La mer rouge s'ouvrait en elle. Laura se déchirait. Ses côtes craquaient, son abdomen se durcissait, bombé comme une coupole. Si elle laissait échapper une plainte, la rumeur de la mer la balayait. La douleur traversait Laura par spasmes rapprochés. Sa petite fille n'était encore qu'un épieu de chair massacrant son ventre avec amour.

Hélène s'était portée auprès d'elle. Chapireau brûlait de les rejoindre. Quand la sage-femme lui eut enfin envoyé un signe, il perdit l'équilibre au milieu des galets. Cette chute le fit rire. Toute sa tension s'en trouva libérée. Une fois sur place, il embrassa le visage inondé de Laura. La jeune femme cambrait ses reins, soufflait longuement. Puis Hélène dégagea la tête du nouveau-né comme on dévisse avec lenteur un bouchon de champagne. Le mouvement parut s'arrêter encore. Il y eut une sorte de parenthèse, ce calme plat qui fait se dégonfler les voiles et faseyer les bateaux. La mère et l'enfant reprenaient des forces avant la dernière bataille. Puis l'action repartit de plus belle. Après qu'Hélène eut appuyé de ses deux mains sur le ventre de Laura, le bébé glissa comme une savonnette. Hélène l'attrapa d'autorité. La petite chose gonfla d'air marin ses poumons tout neufs. Elle venait d'avaler le monde d'un coup. Chapireau se souviendrait de chaque détail. La couleur du ciel. Le noir du sang sur la serviette déroulée à même la pierre. La caresse du vent salé, le piaillement des mouettes, les miroitements de l'Océan. La force dans la main de Laura quand elle saisit la sienne. Le désarroi muet de son regard qui demandait « tu m'aimes encore ? ». Peau contre peau, la mère et l'enfant faisaient connaissance. Hélène les avait recouverts d'un drap léger. Automne était déjà coiffée d'un bonnet qui lui donnait l'allure d'un lutin. Elle semblait endormie. La voix de son père la réveilla, et ce fut un prodige de la voir dresser sa tête en caoutchouc sur la poitrine de Laura, cherchant d'où venait cette voix. Il aurait juré qu'Automne l'avait reconnu.

20

Immobile devant la cheminée, Chapireau laissait son esprit galoper parmi ses souvenirs. Son
visage semblait taillé dans le cuir de son fauteuil.
Il avait neigé sur ses cheveux. Depuis toutes ces
années — et il ne séparait pas la naissance d'Automne de la disparition de Laura — il avait entamé
son ère glaciaire. La journée s'écoula sans qu'il
trouve la force d'écrire à sa fille. Les flammes qui
dansaient sous ses yeux le ramenèrent plus dou-
loureusement encore vers un passé calciné.

Deux visions venaient de le clouer sur place. La
première, il n'aurait pas su la dater précisément.
C'était au soir d'une journée tendue avec Laura.
Automne n'était pas née. La jeune femme avait
changé brutalement d'humeur en milieu de matinée. Son front était divisé par une mèche
auburn. Dessous brillaient ses yeux immenses à
travers lesquels s'ouvraient par instants de minuscules cachettes. Elle avait entrouvert les paupières
et posé son regard sur Chapireau, un œil grave
et l'autre gai. Un voile d'absence ombrait l'œil

grave. L'autre, le gai, poursuivait sur sa lancée de gaieté. D'un œil à l'autre, Chapireau ne cessait de se perdre. Devait-il rire ou souffrir, était-il l'heure de parler ou de s'ignorer, fallait-il verser pour chaque accès de joie sa rançon de tristesse ?

Chapireau avait une connaissance intime de la météo. Il savait lire le ciel du lendemain, reconnaître la moindre étoile, et la distinguer des planètes, avec leur éclat fixe dépourvu de scintillement. Le visage de Laura était plus complexe à déchiffrer. Il virait sans prévenir. Zac avait-il parlé trop fort, ou omis de dire bonjour ? L'avait-il seulement regardée d'une manière déplaisante ? Peut-être ne s'était-il rien passé, sinon une dépression astrale. Souvent, au milieu de la nuit, quand Chapireau dormait enfin, Laura se frottait à lui. Elle l'attirait d'une main sûre contre son ventre. Le plaisir, intense et violent, était une réplique exacte aux affres de la journée.

Il se souvint que cette nuit-là il avait tâtonné jusqu'à la salle de bains puis, donnant un peu de lumière, une vision rouge vif l'avait saisi, qui tranchait avec la blancheur du néon. Son sexe était couvert de sang. Au lieu d'actionner la douche, il était resté de longues minutes hébété, incapable de détacher son regard de ce spectacle. Il avait fini par se recoucher auprès de la jeune femme. Au matin, dans les premières lueurs du jour, il avait découvert son sexe encore maculé d'un vernis pourpre, très fin et craquant. Il avait éventré Laura. Il portait sur lui l'arme du crime. Il s'était imaginé en assassin perpétuel.

L'autre vision, ce jour-là, fut celle d'un bouchon de champagne. Chapireau en utilisait pour lancer son feu. Laura aimait le champagne. Quand elle en buvait, ses yeux pétillaient. Elle était d'une humeur délicieuse. Son visage s'illuminait. Elle trouvait tout le monde gentil, même Zac. Puis, était-ce à la deuxième coupe ou dès la première, elle tenait si mal l'alcool, quelque chose se détraquait. Laura haussait le ton, brusquait ses gestes, critiquait tout ce qui n'était pas cet excellent champagne que Chapireau avait bien tort de bouder : les bulles l'auraient rendu plus indulgent, martelait-elle de sa voix durcie. Zac disparaissait du paysage, redoutant un coup de griffe. Laura avait sa méthode. Désarmer sa proie, lui donner confiance, se faire douce. Puis l'abattre.

Les bouchons de champagne faisaient naître chez Chapireau des sentiments mêlés. Il y voyait la petite tête d'Automne avant son premier cri, et les fêtes saccagées par Laura. Après une mauvaise soirée d'avril, ne trouvant pas le sommeil, il s'était levé au milieu de la nuit. Dehors régnait une douceur exceptionnelle. La lune éclairait la mer comme une veilleuse. Des fêtards saluaient le printemps sur la plage de galets. Chapireau avait marché droit devant lui. À la pointe Saint-Clément, il s'était immobilisé face à l'eau qui emplissait la baie de sa masse sombre. Jamais il ne l'avait scrutée avec ces yeux-là. Il se figura marchant à la rencontre des vagues, glissant en quelques brasses dans un silence parfait, puis se laissant couler sans résistance. L'eau entrait dans sa bouche, dans ses bronches, dans ses poumons. Faudrait-il plus de trois minutes avant qu'il suffoque ? Souffrirait-il ? Il avait répété la succession des événements, comme un danseur reprend à l'infini les gestes d'une chorégraphie. Il s'était vu allongé à même la vase tiède. Une vase affectueuse collant à sa peau. Cette image l'avait apaisé.

Un bruit sec le tira alors de ses abîmes. Loin derrière l'horizon, le jour se levait. Chapireau savait que, dissimulées dans les replis de l'aube, se cachaient des milliers d'étoiles. Le bruit était celui d'un bouchon de champagne qu'une bande d'amis venaient de faire sauter en riant. Le bouchon avait fendu l'air. Chapireau l'avait suivi du regard. Puis il s'était éloigné de ces gens heureux. La lune brillait encore d'une lumière surnaturelle. Elle lui apparut comme une hostie géante que le ciel offrait en réparation. Chapireau s'en détourna. Il serait toujours un homme sans Dieu.

Le lendemain, revenant vers Coup-de-Vague dans le jour victorieux, il avait trouvé sur la plage déserte, coincé entre deux galets blancs, le bouchon salvateur. Il l'avait glissé dans sa poche comme un bien précieux. Longtemps il l'avait conservé. Avant de le jeter au milieu des flammes, peu après la disparition de Laura.

Chapireau se redressa dans son fauteuil. Qu'allait-il écrire à Automne? Il n'était pas question d'évoquer son intimité avec sa mère. Il faudrait pourtant qu'elle comprenne ce qui l'avait conduit à ce geste insensé. Qu'elle mesure l'emprise de Laura sur lui, le pouvoir qu'elle exerçait d'une cruauté tranquille. Il prit son bloc de papier et inscrivit quelques lignes qu'il raya une fois encore. Rien de bon n'était venu. Il imaginait déjà l'ambulance se ranger devant Coup-de-Vague sans qu'il ait pu rédiger un seul paragraphe.

Son regard se posa sur la console de verre. Ce meuble avait appartenu à Laura. C'était son seul objet de valeur. Quand elle s'était installée ici, elle avait voulu la disposer entre la cheminée et le canapé. Elle avait pris mille précautions pour en protéger le plateau.

Chapireau y pensait en observant les innombrables fissures qui l'étoilaient. Par miracle, le verre n'avait pas éclaté. L'impact ressemblait à celui d'une pierre dans un pare-brise. C'était le poing de Chapireau qui s'était abattu un soir de colère. Laura venait de rentrer de la maternité avec Automne. Elle y avait passé trois jours après son incroyable accouchement. Zac avait insisté pour prendre la petite dans ses bras. Laura l'avait repoussé sans ménagement à cause de ses ongles noirs. Zac avait disparu. On ne l'avait plus revu de la soirée.

Plus tard, quand toute la maisonnée dormait, Laura et Alcide s'étaient retrouvés au salon, de part et d'autre de la console. Laura en avait toujours après Zac. Le ton était monté. «Je n'y peux rien si Benjamin est réussi et si Zac est raté», avait asséné Laura d'une voix pointue. «Je ne suis pas la seule à le dire, avait-elle menti en plantant ses yeux dans ceux d'Alcide. Et je ne veux pas qu'il pourrisse Benjamin ni notre fille, parce que je te rappelle que nous avons une fille, maintenant!»

Chapireau s'était raidi. «Qui traite Zac de raté?» Laura avait poussé son avantage. «Ceux qui te connaissent depuis longtemps! — Qui donc? Nénesse?» L'occasion était trop belle pour Laura. «Oh, laisse cet abruti où il est! Je te parle de gens qui ont la tête sur les épaules. Ne cherche pas à détourner la discussion. Nélie et toi avez foiré avec Zac. Tu n'es qu'un faible, et ce sera pareil avec Marcel.»

C'en était trop pour Chapireau. Il s'était retenu de lever la main sur Laura. La console avait tout pris. C'était miracle qu'il ne se soit pas blessé. «Quelle violence!» lança Laura sans élever la voix. Le plateau s'était fendu de toutes parts. Ce choc les avait anéantis. Chapireau ressentit une douleur aiguë au poignet qui l'élança dans tout le corps. Ce n'était pas Laura qui l'aurait plaint. Ils se couchèrent sans un mot, chacun à une extrémité du lit. La nuit ne suffit pas à les rapprocher. Des heures durant, Chapireau chercha qui, parmi ses proches, avait pu salir Nélie. Il supposa que Laura, dans sa rage destructrice, avait tout inventé. Mais un doute subsistait. Le poison du doute. Sur le matin, ses caresses le réveillèrent. Elle lui couvrit les oreilles de baisers, sans effacer les horreurs qu'elle y avait déversées. Il sentit les doigts de Laura sur sa peau, et la mort à leur bout.

Tant d'années après, Chapireau ne s'était pas résolu à retirer ce meuble. Le soir, dans le salon éclairé par la seule lueur des flammes, les auréoles du verre fendillé dessinaient une immense araignée. Au début, le même rêve l'avait visité. Cette araignée géante prise dans les glaces venait dormir près de lui. Une sensation de froid le gagnait. Il secouait les draps. Au lieu de s'éloigner, elle fonçait vers lui et plantait dans sa chair des milliers de petits éclats, coupants comme du diamant. Il se réveillait avec la sensation de saigner. Il ne lui aurait rien coûté de transporter le meuble à la décharge. Juste un trajet en fourgon, à peine un détour sur le chemin de la cabane. Il y pensa un temps puis renonça. Le rêve s'espaça au point de ne plus revenir. Alcide avait tué l'araignée.

21

La naissance d'Automne marqua une accalmie. Laura était épuisée par les allaitements nocturnes. Elle n'avait plus guère d'énergie pour houspiller Zac. Au contraire, elle le gratifiait d'attentions qu'il n'avait plus reçues depuis les tout premiers temps, quand Laura jugeait formidables les enfants d'Alcide. À Coup-de-Vague, on respirait mieux. L'air était plus léger. Chacun espérait retrouver en Laura la femme prévenante du début. La tension retomba. Au jardin, les fleurs qu'elle avait plantées commencèrent à éclore. Des dizaines de petits boutons délicats.

À la question de savoir ce qui était arrivé à la table du salon, Chapireau répondit qu'il avait fait tomber un cendrier, un de ces cendriers massifs creusés dans une pierre de Madagascar et que Laura remplissait à nouveau de cigarettes à moitié fumées. Chapireau avait inventé une de ces histoires amusantes où il aimait se tourner en dérision. À l'écouter, il avait lâché le cendrier par surprise quand une souris avait traversé le salon à toute vitesse. Il s'était plu à refaire l'unité de la famille sur son dos d'éléphant effrayé par une minuscule souris. Il en avait rajouté. Les garçons, bon public, s'étaient payé sa tête. Laura avait joué le jeu. La petite était devenue la mascotte des grands. Elle décochait des sourires ravageurs qui couvraient les cœurs de baume.

Les hostilités reprirent au moment où nul ne s'y attendait. Le premier véritable assaut frappa Chapireau lui-même. Un jour qu'elle passait en auto à la cabane avant d'emmener Automne chez le pédiatre, Laura tomba sur une adolescente qui se présenta comme l'apprentie du patron. C'était Coralie, la filleule de Nénesse. Son père était en longue maladie depuis qu'un palan lui avait écrasé l'épaule. À dix-sept ans, elle cherchait à « se faire la pièce », comme avait dit Nénesse en recommandant la petite. Alcide l'avait prise à l'essai. Il n'avait pas eu à s'en plaindre. Elle était rapide, aimable, toujours gaie. Elle ne rechignait pas devant les tâches ingrates, comme passer au jet les casiers envasés qui dégageaient une lourde odeur d'algues. Elle aidait à la vente et donnait la main pour vidanger les bassins, trier les huîtres, noter les commandes. Sa présence permettait à Chapireau de rentrer plus tôt le soir.

Laura demanda sans aménité si le « patron » était là. Coralie ne sut que répondre. Elle ne l'avait pas vu de la matinée, il ne devrait pas tarder, si elle voulait l'attendre... Laura prit la mouche sans raison. Elle la menaça de la faire renvoyer si elle lui cachait où était son mari. Son mari! Elle avait employé ce mot incongru, bien qu'ils n'aient pas eu l'intention de se marier. C'était sa manière d'enfoncer un possessif dans la gorge de la petite. Chapireau lui appartenait, le message était clair. Sitôt Laura repartie dans son auto, Coralie avait fondu en larmes.

Au retour de Chapireau, elle avait fait bonne figure, l'informant simplement que sa «dame» était passée. Il n'avait guère prêté attention à sa pâleur. Le soir, en rentrant à Coup-de-Vague, l'orage explosa. «J'ai compris ton manège, le cueillit Laura. — Quel manège? — Tu sais de quoi je veux parler. Cette fille à la bouche en cœur, avec sa poitrine en avant et sa petite jupe effrangée en plein mois de mars, avec ce vent! Tu as oublié?» Chapireau vit trois paires d'yeux aux aguets. «Allez jouer, les enfants!» cria-t-il aux garçons. Il ferma la porte de la cuisine et alluma la radio pour couvrir leurs voix. Précautions qui se révélèrent inutiles. «Que vas-tu t'imaginer? gronda Chapireau. C'est la filleule de Nénesse!»

Laura riposta: «Vous les mecs, vous êtes tous les mêmes. Dès qu'une jeunesse passe à portée, hop, vous vous l'envoyez vite fait sur le plat. La chair fraîche, Alcide. Ça te plaît ça, la chair fraîche, avec son rouge à lèvres vulgaire et son parfum de Prisu, emballé c'est pesé!» Chapireau se retint de la gifler. C'était partie remise. Jamais il n'avait levé la main sur une femme, ni sur personne. Sauf du temps de *Pélican*, une éternité, dans une bagarre de marins. Il était conscient de sa force et s'en méfiait.

«Tais-toi donc, pauvre folle!» finit par lâcher Chapireau. Il regretta aussitôt cette parole. Laura savoura sa victoire. Elle connaissait son bonhomme. Il n'en finirait pas de s'excuser. À cette pensée, elle jubila. Ce ne fut plus un orage mais un déluge. «Ah voilà, le mot est lâché! Je suis folle! Comme c'est facile! fit-elle avec des gestes de furie. — Pas si fort, les garçons entendent tout, et Automne va se réveiller!» répondit Chapireau accablé. Laura voulait un éclat. «Eh bien qu'ils entendent, et même notre fille, que tu me traites de dingue! Je te prends en flagrant délit avec une gamine à peine plus vieille que tes fils et c'est moi qui suis folle! Tu es si gentil qu'elle doit te soulager entre deux clients, avec sa bouche peinturlurée. Il te faut bien ça, après t'être gelé dans le marais.» La gifle partit. Face à Chapireau ce n'était plus Laura. Mais alors, qui était-ce?

Elle passa une main sur sa joue avec des airs de défi et l'amorce d'un drôle de sourire. Chapireau voulut s'approcher mais elle l'écarta. Lentement elle marcha jusqu'à l'évier, fit couler l'eau froide et mouilla son visage. Quand elle se redressa, Chapireau vit qu'elle pleurait. À moins que ses larmes n'aient seulement jailli du robinet. Il la fixa sans un mot. Le soir, elle lui souffla qu'il avait eu raison de la gifler.

La trêve fut de courte durée. La semaine suivante, après un nouvel esclandre de Laura à la cabane, Chapireau s'arrangea pour placer Coralie dans une affaire voisine. À contrecœur, il lui expliqua qu'elle serait mieux aux établissements Walton, qu'elle y aurait plus d'avenir, que c'était plus grand. Coralie accepta. Elle sentait combien Chapireau prenait sur lui. Il se garda de la remplacer.

Un soir qu'il rentrait tard, Laura lui en fit le reproche. Il lui opposa le départ de Coralie. Elle n'insista pas. Au contraire, elle se montra de nouveau aimable. Elle lui avoua son aversion pour ces allumeuses qui font chavirer les hommes. Elle lui raconta comment le père de Benjamin l'avait plantée là pour une fille d'à peine dix-neuf ans. Chapireau pensa qu'elle mentait.

Il pardonna ses excès à Laura. C'était son optimisme sans limites : croire qu'à la longue tout irait mieux. Qu'ils finiraient par composer une famille comme les autres. Chapireau se rendait prisonnier de cette image rassurante. Sa torture, c'était d'espérer. Quand ils marchaient ensemble dans les ruelles du Vieux-Port, nul n'aurait pu soupçonner qu'il n'était pas le père de Benjamin, que Laura n'était pas la mère de Zac et de Marcel, ni que la petite Automne comptait seulement des demi-frères. Chapireau tenait à ce tableau idyllique.

Son obstination obéissait à son rêve de normalité. Il craignait aussi de se retrouver seul. Laura flairait sur lui l'odeur de ces hommes qui sentent la peur d'être quittés. Pris entre deux fronts dépressionnaires, ses fils en souffrance et Laura dans sa violence, Chapireau était englué. Il redevenait le garçon désarmé dont les parents se disputaient les faveurs pour ensuite mieux le négliger. Une crevasse s'ouvrait en lui. Prendre parti lui faisait horreur. C'était un marin qui n'aimait pas les vagues. Il préférait disparaître, fuir, ne rien entendre. Et si c'était impossible, alors il se refermait sur lui-même. Il réagissait à contretemps, toujours trop tard. Zac et Marcel attendaient qu'il s'impose. Laura le poussait dans ses retranchements. Il croyait à la fatalité, ce nom que les faibles donnent à leurs renoncements.

À cette époque de tensions, un procès retentissant le perturba. Les assises de Saintes eurent à juger un étrange fait divers survenu deux ans plus tôt près du fort Boyard. Le vaisseau de pierre n'était pas encore le site emblématique du grand jeu télévisé. Il s'agissait d'une ruine que des cinéastes choisissaient à l'occasion comme décor pour quelques scènes d'un film. Des projets d'hôtels ou de luxueuses brasseries en pleine mer avaient surgi çà et là pour être aussitôt abandonnés. Seuls des plaisanciers naviguaient alentour, et aussi des pêcheurs attirés par ses eaux poissonneuses. Un été, l'épouse d'un architecte en vue de La Rochelle, Prudence Joly, s'était noyée dans les parages. C'est ce prénom de Prudence qui retint d'abord l'attention de Chapireau. Il ignorait qu'on pouvait s'appeler ainsi. L'enquête révéla que son mari n'était pas étranger à l'accident. Malgré ses dénégations, celui-ci finit par admettre que sa femme n'était guère une plongeuse expérimentée. Pour autant, il nia vigoureusement l'avoir tuée. Il ne pouvait s'agir que d'un hasard malheureux. Des amis des Joly firent part aux policiers de leurs nombreuses disputes. « Elle le poussait à bout », révéla une proche de l'architecte, précisant l'avoir entendue téléphoner à ses anciens amants devant lui pour le provoquer. C'était paraît-il un jeu entre eux. Un jeu dangereux qui ne pouvait que mal tourner. On apprit dans la presse locale que certains habitués de la nuit rochelaise avaient souvent croisé Prudence Joly à la Boucane, une boîte chaude de la ville. Elle arrivait seule et repartait accompagnée, jamais par son mari. Une photo de la victime montrait une petite femme blonde au visage avenant, rien qui pût trahir la moindre duplicité.

Au terme d'un procès intense et riche en révélations sur la vie malsaine du couple, l'architecte Marc Joly fut sur le point d'être acquitté faute de preuves suffisantes contre lui. La défense estima que, si la victime n'était pas habituée à plonger, rien n'indiquait qu'elle y avait été contrainte. Les bouteilles d'oxygène étaient pleines et les experts n'avaient relevé aucun indice compromettant. Prudence Joly avait fait un arrêt cardiaque. Il eût été injuste, répéta l'avocat de l'architecte, d'accuser son mari. C'était compter sans une dernière expertise qui fut communiquée très tard au juge. Un spécialiste des noyades rapporta le poids de la disparue à celui du lest accroché à sa combinaison pour l'entraîner vers le fond. « La victime était beaucoup trop plombée », lança l'expert dans un silence glacial. Marc Joly, en habitué de la plongée sous-marine, ne pouvait ignorer qu'avec une telle charge son épouse serait incapable de remonter à la surface. Le procureur eut cette phrase curieuse : «En somme, il ne l'a pas tuée mais elle en est morte !» Confondu, l'architecte passa aux aveux. Il décrivit l'enfer du quotidien avec sa femme. Il raconta par le détail ses provocations, ses infidélités avérées ou feintes, sa manière de le miner, son chic pour l'humilier, le déconsidérer, lui faire douter de tout. «Cela vaut-il la peine de tuer ? demanda le président. — Je crois que oui», répondit Marc Joly à bout de force, délivré d'avoir parlé. Il fut condamné à quatre ans de prison ferme. Les jurés le punirent pour son crime, tout en lui accordant de réelles circonstances atténuantes. Son avocat fit mouche en lançant que sa peine, Joly l'avait purgée par anticipation dans le calvaire de sa vie conjugale. Chapireau, qui d'ordinaire n'utilisait le journal que pour emballer ses huîtres, n'avait pas raté un seul compte rendu d'audience. L'image de la femme plombée l'obséda.

22

Une nuit, vers trois heures du matin, Chapireau reconnut la voix de Zac. Son fils ne s'était plus réveillé ainsi depuis la naissance d'Automne, presque une année déjà. Chapireau s'étira puis tituba en direction de la chambre des garçons. « J'ai réfléchi à ce que tu m'as dit l'autre fois. » Zac l'attendait. « Qu'est-ce que je t'ai dit? — Que je pourrais être pensionnaire. » Le garçon parlait d'une voix calme. Il était sûr de lui. C'était sa décision. « Pourquoi? fit Chapireau qui sentit le lit de son fils se dérober. — Ce sera mieux. » Il laissa le silence s'installer un instant. « Comment ça, mieux? »

Dans la lueur de la veilleuse, il distingua le sourire de Zac, ses dents très blanches et régulières, le sourire de sa mère. « Laura ne me supporte pas. C'est toujours tendu avec elle. Quand vous vous engueulez, c'est à cause de moi. » Chapireau le stoppa : « Tu te trompes. » Il pensait à Coralie, qu'il croisait désormais devant chez Walton. Elle lui adressait un petit geste de la main qui attisait ses regrets. Ils évitaient de se parler.

«Tu voudrais partir quand ? demanda-t-il à Zac. — La semaine prochaine. » Chapireau se cabra. « On arrive en mai ! Attendons la rentrée. » Zac secoua la tête : « Justement non. Comme ça, je saurai à quoi ressemble l'internat. »

Chapireau n'insista pas. La voix dégagée de Zac trahissait son soulagement. Il laissait son père à ses démons. Dans cette chambre à peine éclairée, Chapireau eut la sensation que la vie le quittait. Il baisa son fils au front. « On en reparlera demain, d'accord ? » Zac hocha la tête. Sur le visage de son aîné, Chapireau surprit un air serein qui l'accabla. Seule la vision de son foulard au cou du garçon atténua son chagrin.

Le lendemain en fin de matinée, le téléphone sonna à la cabane. C'était Nénesse. Il le conviait avec Laura pour une éclade avec les premières moules de l'année. Chapireau en raffolait. On disposait les coquilles noires en cercle sur une plaque de tôle tapissée d'aiguilles de pin. On mettait le feu et c'était un régal d'attraper les moules que la chaleur ouvrait dans une pétarade de claquements secs. Il saliva rien qu'à imaginer ce moment, mais son esprit s'altéra quand il imagina la réaction de Laura. « Je vais voir si c'est possible, répondit-il avec prudence. Qui sera là ? » Nénesse égrena les noms, de bons amis, auxquels se joindrait le nouveau pharmacien.

Laura était partante. C'est seulement à l'approche de la soirée que sa joie tourna au vinaigre. Elle n'avait pas retrouvé sa ligne d'avant la grossesse. Elle finit par choisir un ensemble à son goût et l'orage, d'abord suspendu au-dessus de leur tête, passa son chemin. Chapireau se croyait tiré d'affaire quand le lendemain, à l'heure de rejoindre ses amis sur la baie, Laura décida de ne pas l'accompagner. « Vas-y tout seul ! Je suis fatiguée, je vais bouquiner au lit et éteindre très tôt. » Il lui rappela que, la veille encore, elle se réjouissait de cette sortie. « Hier c'était hier. Aujourd'hui je n'en ai plus envie. Ne me force pas. Et puis ce pharmacien a l'air d'un abruti. »

Chapireau aurait dû laisser filer. Mais il prit la mouche à propos du pharmacien, qu'il ne connaissait pas plus que Laura. Que savait-elle de son air ? « C'est vrai qu'à côté de Nénesse et consorts il est au-dessus du lot », concéda Laura.

Chapireau claqua la porte. À aucun moment Laura n'avait élevé la voix. Elle s'était contentée de planter ses banderilles sur les points sensibles, la naïveté d'Alcide, la gaucherie pesante de Nénesse. Le nom de Zac avait aussi été prononcé dans la bataille, forcément en mal. Zac par-ci et Zac par-là. Zac « avec ses cheveux longs et son allure de tapette ». Chapireau s'était retenu de la gifler à nouveau. Il avait vu le regard de Laura se transformer, sa pupille s'élargir puis se voiler, avec les reflets mauves qu'il reconnaissait désormais aussi bien que les plus lointaines étoiles. Avait-elle bu ? Était-elle sous l'emprise d'un médicament ? Il s'était demandé comment elle pouvait déployer tant de violence avec tant de calme.

Laura avait les mots pour blesser. Des mots couteaux suisses qui ouvraient le cœur d'Alcide, le découpaient en morceaux, le déchiquetaient menu, le sciaient d'un rien et se repliaient comme ils étaient venus. Elle avait le don des mots minuscules dont elle usait à la façon d'une arme de précision. Il suffisait que du bout des lèvres elle lâche un mot qu'il était le seul à entendre, et ce mot explosait. Les dégâts étaient immédiats. Il arrivait aussi que les mots prennent leur temps pour dévaster l'esprit de Chapireau. Ils propageaient alors en lui leurs ondes fatales. Un mot de rien du tout pouvait être une bombe à retardement.

Laura avait le génie de l'instant. Elle choisissait celui où le mot ferait mouche, où il distillerait son venin jusqu'au plus lointain de l'âme. C'était juste après le départ d'amis conviés à l'apéritif. Après des moments de détente où le bonheur semblait briller sans nuage. Chapireau baissait la garde quand, soudain, le mot uppercut lui coupait le souffle. Avec douceur, sans prendre la peine de le regarder, Laura lui assénait ses «tu me dégoûtes», «tu me gâches la vie», «comme tu es faible», «comme tu es décevant». La déception, c'est exactement ce qu'il voyait dans les regards de Zac et de Marcel.

Avec Nélie, les mots et les gestes étaient simples comme bonjour. Un sourire ne cachait pas une grenade, un ricanement n'accueillait pas un chagrin. Elle n'instillait dans ses paroles aucune perversité. Midi ne sonnait pas à quatorze heures. Les mots filaient droit où ils devaient aller. Laura, elle, balayait ses digues. Devant son

aplomb, Chapireau butait, balbutiait, s'emmê-
lait. Il cherchait ses mots. Laura les trouvait.

Quand il rentra ce soir-là de chez Nénesse,
Chapireau remarqua la lueur d'une lampe dans la
chambre. Laura lisait. Elle ne daigna pas lui parler, ni même le regarder, sinon de cet œil noir
comme un trou d'eau. Il se déshabilla, se glissa
entre les draps et sombra mortifié dans le sommeil. Un mot d'elle l'aurait à coup sûr blessé.
Mais son silence le désarçonna plus encore. En
s'endormant, Chapireau revit l'œil sombre de
Laura. Il se sentit happé dans une vasière. Ce
serait lui ou elle. Il songea qu'il devrait se choisir
lui. Qu'il devrait se préférer.

Son amour reposait sur des failles inextri-
cables qui brouillaient son instinct. Il se sentait
impuissant à tout remettre en cause. Laura partie, qui l'aimerait ? Personne, pensait-il. La peur
du vide le paniquait. Il en perdait ses moyens.
Lui le costaud, le dur au mal, lui que ses compagnons admiraient jadis pour sa vaillance dans le
gros temps, voilà qu'il se trouvait terrassé par ses
hantises d'enfant mal grandi. Chapireau refusait de voir la réalité. Laura était entrée dans sa
vie par effraction, comme on casse une vitre.
Son existence était devenue coupante. L'air et
les mots s'étaient mis à cingler, et les regards, et
les silences. Il s'était imaginé en homme amoureux. Il n'était qu'un géant de verre pilé. Chapireau voyait en Laura sa dernière chance de
bonheur. Aussi longtemps qu'il le croirait, elle le
tiendrait à sa merci.

23

Zac fit comme il avait dit. Après les vacances de Pâques, il rejoignit l'internat du collège. Quelques jours plus tôt, la famille au complet avait posé autour d'Automne et du gâteau illuminé de sa première bougie, un simple éclair au chocolat que Laura brandissait devant l'objectif avec un sourire triomphal. Ce fut la dernière photo tous ensemble. Une photo surexposée, sans doute l'effet du flash trop puissant. La lumière décolorait les visages et leur donnait l'air de grands brûlés. Chapireau ressemblait à un fantôme surpris hors du temps. Désormais, aux anniversaires, il manqua toujours quelqu'un.

Le week-end, les garçons prirent l'habitude d'aller chez leurs grands-parents maternels place Cacaud, derrière l'aumônerie militaire. Ils pouvaient s'y rendre à pied depuis l'école, en traversant les jardins du Muséum. L'appartement était exigu. Ils n'auraient pas pu y séjourner en semaine. Mais pour deux jours, c'était parfait. La chaleur tenait lieu d'espace. Papillon et Mamillon étaient si heureux de ce cadeau inespéré. Ils ne voulurent pas savoir pourquoi les enfants avaient préféré la pension. Marcel y avait rejoint son frère.

Le couple de retraités fit son possible pour entourer tendrement ses petits-enfants. «Alcide doit avoir bien du travail», disait Papillon les lendemains de tempête ou dans les mois d'hiver, avant les fêtes. Ni Zac ni Marcel ne réagissait. Papillon avait fini par ne plus évoquer son ancien gendre. Mamillon, elle, leur parlait de Nélie, comment elle était petite fille, son goût pour les déguisements, son adresse avec une simple paire de ciseaux, du fil et des falbalas qu'elle cousait sur de vieux chapeaux. Les garçons avaient la paix. Personne ne leur reprochait tout et rien. Leur cœur ne se serrait plus à chaque Waterloo de leur père.

Au début, Chapireau avait protesté. Trop mollement pour que ses fils comprennent qu'il les attendait à Coup-de-Vague le vendredi soir. À sa façon de leur dire «j'aimerais mieux vous voir le week-end», ils avaient senti qu'il n'y tenait pas tant que ça. Il y tenait pourtant. Mais il avait le don pour montrer le contraire de ce qu'il voulait. La présence de ses fils, c'était fatal, aurait contrarié Laura et provoqué des éclats. Tout ce qu'il ne supportait pas. Alors il renonçait en silence, voulant sans vouloir, espérant sans espérer. Quand ses gars ne venaient pas, c'est lui qui était touché. Il pensait que c'était moins grave, que ça passerait. De nouvelles galeries perforaient son cœur. Il respirait difficilement. L'absence des garçons lui pesait comme deux pierres sur la poitrine.

Se produisit alors un phénomène étrange avec le vieux miroir de l'entrée. Devant cette glace où tant de fois Nélie s'était coiffée, où Zac et Marcel avaient fait d'horribles grimaces, Chapireau surprit leurs reflets. Cela dura des semaines. Ils apparaissaient ensemble ou séparément, Nélie dans sa jeunesse, tantôt songeuse, tantôt grave, le plus souvent rieuse ou étonnée. Zac flottait à l'intérieur de larges cabans lui tombant aux épaules. Marcel arborait des pulls marins qui le grattaient au cou. Chapireau réalisait que ses fils portaient ses vêtements comme s'ils avaient voulu lui ressembler. Puis vinrent les illusions sonores. La nuit, il entendait Zac l'appeler. Dans la journée, c'était la voix délicate de Marcel qui prononçait son prénom. Il tendait l'oreille, le souffle court, noyé dans une vaine attente.

Le paysage s'était cruellement éclairci. Laura veillait jalousement sur Benjamin et sur Automne. Chapireau avait sacrifié ses fils à la paix du foyer. Il se retrouvait avec deux enfants, mais ce n'était plus Zac et ce n'était plus Marcel. Leurs retours à Coup-de-Vague se faisaient rares. Benjamin avait pris ses aises dans l'ancienne chambre de Zac. Automne dormait encore dans la chambre de ses parents, à portée de regard de sa mère. Elle ne tarderait pas à occuper la chambre de Marcel, «puisqu'il ne vient plus», avait lancé Laura sur un ton de reproche. Chapireau avait eu l'air accablé. Cela n'aurait pas de fin. Laura avait sans arrêt besoin de batailler. Lui n'avait qu'une hâte : retrouver le climat d'harmonie qui avait régné au début,

quand Laura était encore la belle cliente de la cabane rêvant d'air pur et de grande famille. Ses fils
à l'abri — c'est ainsi qu'il se racontait leur fuite —,
Chapireau se donnait la chance d'un nouveau départ. Il suivait les progrès d'Automne. Plus tard,
espérait-il, Zac et Marcel pourraient revenir. Ils
auraient grandi. Ils auraient fait la part des choses.
Laura les aurait traités en adulte. Elle se serait excusée à sa manière... Chapireau se berçait d'illusions. Il se dégoûtait un peu.

À la longue, l'absence de ses fils l'affecta plus
encore. Les premiers temps, lorsque seul Zac
avait quitté les lieux, il revenait encore le week-
end. Mais c'était surtout pour retrouver son jeune
frère. Ensemble ils couraient le front de mer, le
plus souvent sans Benjamin. Dans ces instants
volés à deux, ils envisageaient leur avenir de petits
renards, l'arrivée prochaine de Marcel à l'internat, le refuge que représentait l'appartement
de la place Cacaud où Mamillon préparait les
plats qu'ils aimaient, le poulet frites pour Zac,
la galette à l'angélique pour Marcel. Zac rentrait
à Coup-de-Vague en bus depuis la place de
Verdun. Chapireau se disait trop occupé pour
aller attendre son aîné devant le collège. « Ça ne
tombe pas bien », s'excusait-il. Il mentait mal.
Zac revenait chargé de linge sale en plus de son
cartable plein à craquer. L'amour terroriste de
Laura tétanisait Chapireau. Il en oubliait les
gestes naturels d'un père pour ses fils, qu'il voulait voir plus grands qu'ils n'étaient. Seule comptait Laura.

Un mercredi qu'il avait rejoint Zac à La Rochelle, la malchance avait voulu qu'ils tombent sur elle. La jeune femme avait tempêté, reprochant à Chapireau de voir son fils « derrière son dos ». Il s'était justifié, balbutiant qu'il devait être avec lui pour lui acheter des tennis. La scène fut pénible à Zac. Il attendait que son père se rebiffe. Chapireau avait réagi comme un gamin pris en faute. L'incident priva le garçon de ses dernières illusions. Le soir, à Coup-de-Vague, Laura n'avait pas adressé la parole à Chapireau. Elle avait soigneusement évité son regard.

Les hallucinations du miroir continuaient de le poursuivre. Zac et Marcel apparaissaient maintenant aussi pâles que des spectres. Ils avaient rejoint Nélie qui portait ses habits de deuil. Tous étaient morts et cette vision le torturait. Il ne tenait qu'à lui que ses fils ressuscitent. Dans un éclair de lucidité, il pouvait se précipiter vers la voiture avec la ferme intention de les ramener. Puis il rebroussait chemin. Sa volonté abdiquait. Leur retour dépendait de Laura, de son humeur, de ses bonnes dispositions. Ce n'était pas le moment. Il faudrait attendre des circonstances plus favorables qui bien sûr ne viendraient jamais. Sa faiblesse avait toujours le dernier mot. Il était faible parce qu'il ne voulait pas être fort.

Dans cette période, Chapireau coupa les ponts avec la plupart de ses amis. À regarder vivre les autres, il réalisa qu'il ne vivait plus. Seul Nénesse le voyait encore de loin en loin.

24

Septembre fut un mois délicieux sur la côte.
Une de ces arrière-saisons qui prolongent l'été
sans ses chaleurs accablantes, avec ce qu'il faut de
soleil et de vent pour goûter un sentiment de plé-
nitude. Chapireau se consolait comme il pouvait
du départ de Zac et de Marcel. À la cabane, il
trouvait un apaisement devant les grands ciels
bleus qui ouvraient à l'infini la baie de l'Aiguillon.
Tôt le matin, dans les prairies de salicornes, il provoquait parfois l'envol hasardeux d'un héron qui
recouvrait de ses larges ailes le sommeil de la terre.
Dans ces instants de solitude, face à l'espace
paisible des claires et des bouchots, Chapireau se
réconciliait avec lui-même. Il accomplissait les
gestes rassurants du quotidien, passait ses cuis-
sardes qu'il tirait jusqu'à l'aine, enfilait ses gants
de protection, poussait sa barque à fond plat et
glissait vers les parcs en pleine mer, là où pous-
saient ses huîtres. L'eau scintillait. Des petits poissons filaient sur l'onde et formaient un cortège
ondoyant le long de son embarcation. Dans les

lumières irisées qui noyaient la baie, il se sentait protégé comme à l'intérieur d'un coquillage.

Ce bien-être ne durait jamais longtemps. Les petits visages de Zac et de Marcel resurgissaient à l'improviste. Chapireau entendait leurs cris quand ils jouaient à se poursuivre autour des claires. Il entendait leurs voix perchées d'enfants qui n'avaient pas encore mué quand ils servaient les habitués de la cabane. Ce n'était pas si loin. Cela lui semblait une éternité. À Nénesse qui avait demandé après les garçons, Chapireau avait répondu à contrecœur qu'ils étaient en pension à La Rochelle. « Ça leur fera du bien, avait lancé son ami sans malice. Tu dois penser à ton couple d'abord. Les enfants, ça ne se perd pas. » Chapireau avait écarquillé les yeux. « Tu crois ça ? » Nénesse avait opiné. Les paroles de son vieux complice l'avaient réconforté. Elles l'aideraient à se faire une raison. Après tout, ce n'était peut-être qu'une affaire de patience.

Un soir, Laura invita un couple de ses amis à Coup-de-Vague. Ils étaient arrivés au coucher du soleil avec leur fils de neuf ans. « Il a déjà dîné. Mais impossible de trouver une baby-sitter, s'était excusée sa mère. — Ce ne sont pas les chambres qui manquent », avait répondu Laura. Chapireau sentit que cette soirée serait pénible. Ce fut d'abord ce chapeau que portait la femme. Sur le coup, il n'y prêta guère attention. Tous s'étaient avancés jusqu'au chemin pour admirer la tombée du soleil dans la mer. C'est une fois dans la maison, accrochant les effets des convives aux portemanteaux de l'entrée, que Chapireau comprit. Le chapeau était reconnaissable entre mille. Avec ses fantaisies à fleurs de crêpe et de cuir, sa forme rétro, il ne pouvait venir que de l'ancienne boutique de Nélie. L'étiquette cousue à l'intérieur confirma son intuition. Sa main fut prise de légers tremblements. Pendant le repas, il redouta que la conversation ne vienne sur ce chapeau. Quel signe lui adressait-il ? Comme beaucoup de Rochelaises, la femme (il n'avait pas retenu son prénom ni celui de son mari) avait dû être une cliente de Nélie place de la Caille. Elle travaillait dans une agence de tourisme de la rue du Palais. Son époux était employé de mairie dans un village voisin. Ils s'extasièrent devant Automne, qui ne tarderait pas à faire ses premiers pas. Elle se tenait debout quelques secondes, petit château branlant qui poussait des cris de joie en trépignant. Le garçon avait disparu dans les chambres. Il en revint déguisé en Zorro. Une ancienne panoplie de Marcel qu'il avait dénichée dans un coffre. On le félicita. Il repartit de plus belle, juché sur un destrier imaginaire. L'ambiance était détendue. Les invités de Laura donnaient l'impression de s'entendre à merveille. Ils étaient beaux, bronzés, un peu ennuyeux. Elle parlait sans arrêt. Lui était du genre réservé. Laura minaudait, veillait à ce que chacun soit à son aise. Tout devait être parfait. Elle avait sorti la plus belle vaisselle de la maison, les plus beaux verres, ses « mon amour » d'apparat qu'elle réservait à Alcide pour les grands soirs, quand elle recevait ses amis à elle. Dans ces moments-là, Laura jouait l'accord parfait. Elle retrouvait son charme irrésistible, ses manières câlines. Elle caressait la main de Chapireau pour lui demander un service, mon amour, une larme de vin s'il te plaît. Chapireau se laissait prendre. Il espérait que l'état de grâce se prolongerait après le départ des invités. Mais l'enchantement se dissipait aussitôt. Le sourire douceureux de Laura survivait sur ses lèvres. Ce n'était qu'un sourire de traîne. Les faux espoirs creusaient une entaille dans le cœur de Chapireau pendant que le visage de la jeune femme reprenait son expression inquiétante. Sous son masque figé bouillonnait une violence qui ne trompait guère.

Ce soir-là pourtant, Chapireau se montra insensible aux amabilités de Laura. Après le chapeau de la femme, la vision du garçon avec la panoplie de son fils avait fini de le contrarier. Plus tard, au moment de repartir avec ses parents, l'enfant refusa de rendre le masque et l'épée de Zorro. Sa mère tenta de le raisonner. Laura intervint. « Garde-les, je te les donne. Plus personne n'y joue ici. » Elle avait prononcé ces paroles avec un tel aplomb que Chapireau resta sans réaction. Laura disposait des affaires de Marcel, fallait-il en faire toute une histoire ? Il sentit le feu attaquer ses joues. Comme dans un cauchemar, les mots d'indignation qu'il voulait prononcer restèrent coincés dans sa gorge. Il était devenu muet. Laura lui lança un regard langoureux pendant que le couple se répandait en remerciements. Quand ils eurent disparu, à peine Laura eut-elle refermé la porte à clé qu'elle se verrouilla elle aussi à double tour. « Que se passe-t-il ? demanda Chapireau en retrouvant enfin la voix. — Tu sais bien », finit-elle par lâcher du bout des lèvres. Quand il la rejoignit dans la chambre, elle s'était allongée avec un livre. « Je ne comprends pas ! fit-il avec humeur. — Eh bien, tu n'as qu'à réfléchir ! » Il se coucha, éteignit la lampe de chevet de son côté du lit. La lumière, si elle était trop vive, l'empêchait de s'endormir. Il voulut demander à Laura de baisser la sienne mais renonça. Tant que la lampe serait allumée, Chapireau ne trouverait pas le sommeil. Elle le savait. Elle s'en moquait. La veille à la télévision, il avait suivi un documentaire sur la torture psychologique pendant la guerre d'Algérie. Ne pas parler au prisonnier, disait le commentaire, laisser nuit et jour une lampe allumée dans sa cellule, c'était une forme de torture. Elle ne laissait aucune trace sur la peau mais rongeait à l'intérieur.

Pendant la nuit, puisque ses mots étaient impuissants à radoucir Laura, Chapireau traversa la banquise du drap blanc. Laura se tenait au bord du lit, sur le qui-vive, décourageant toute tentative d'approche avant que le sommeil ne l'emporte plus loin encore. La main aveugle de Chapireau s'avança vers la source de chaleur, vers ce corps qui se donnait parfois puis se retirait sans raison, le laissant seul dans l'univers. Lorsque Laura lui tournait le dos, elle rouvrait en lui ses failles les plus profondes. À peine avait-elle senti les doigts de Chapireau l'effleurer qu'elle émit dans l'obscurité un «non» glacial. Un non qui voulait dire non.

Le lendemain, à son retour de la marée, il trouva Laura plus détendue. Il s'enhardit à l'embrasser dans la nuque en soulevant ses cheveux de cuivre. «Tu aurais dû voir ta tête d'enterrement quand le gamin est parti avec les habits de Zorro. Tu as mis tout le monde mal à l'aise.»

25

Laura avait fait le vide autour de Chapireau. Elle mit à profit sa faiblesse pour accentuer son avantage. Quelques mots suffirent un dimanche après-midi, alors qu'ils marchaient sur le Vieux-Port. « Si nous habitions ici ? — Ici où ? — En ville pardi ! » Il haussa les épaules. « Et la cabane, et mes bouchots ? — Rien ne t'empêche d'y aller en voiture. C'est affaire d'un quart d'heure. Ce n'est pas la mer à boire et nous serions là où ça se passe. » Il fit mine de n'avoir rien entendu, mais ces mots avaient pénétré son esprit. « Pourquoi veux-tu nous forcer à déménager en ville alors que tu dis toi-même adorer la vie au grand air, la mer et... — Oui, ça va un moment, le coupa-t-elle. On ne va jamais au cinéma, on ne va jamais se balader sur le port. — Et là, où sommes-nous ? »

Les jours suivants, Laura parut avoir abandonné son idée, au grand soulagement d'Alcide. Mais il s'était réjoui trop vite. Le dimanche d'après, il l'emmena au cinéma de la place d'Armes puis l'entraîna sous les lustres Grand Siècle du Café de la Paix. « Rentrons par la résidence de Suède ! fit alors Laura avec entrain. — Où est-ce ? demanda Chapireau d'un ton méfiant. — Près du Mail, dans les parcs, un petit ensemble de standing. Une collègue du bureau habite au dernier étage. On voit la mer jusqu'aux Minimes, une forêt de voiliers. » Chapireau faillit répondre qu'à Coup-de-Vague la mer était à leurs pieds, mais il renonça. Après tout, ça ne l'engageait à rien de prendre la direction des parcs. Laura s'extasia devant les immeubles cossus dans leur écrin de végétation. Elle fit remarquer combien les habitants étaient chanceux de vivre si près du centre et de ses commerces, avec cette vue unique depuis leurs larges terrasses jonchées de lauriers-roses et de plantes grasses. Il s'abstint de tout commentaire et reprit la route de Marsilly. Plusieurs fois la jeune femme demanda qu'ils aillent ensemble sur « la route de la Suède », comme elle disait, sans voir qu'Alcide prenait sur lui pour traverser La Rochelle. Malgré les années, il évitait les quartiers de sa jeunesse avec Nélie. Passer près de chez son père rouvrait d'autres blessures que le temps n'avait pas gommées.

Il y eut ce jour où Laura voulut qu'il la rejoigne sur les allées du Mail, sans autre précision. Il était arrivé en habit de mareyeur, les mains grises de vase. Comment aurait-il deviné qu'un agent immobilier les attendait dans un appartement de la résidence de Suède. « Juste par curiosité », avait murmuré Laura. Il avait sacrifié à la visite de mauvaise grâce, trouvant les pièces trop petites, et jurant que le jour n'était pas venu où il s'installerait dans une boîte à chaussures. Ils resteraient à Coup-de-Vague et l'affaire était entendue. « La mer est sale ! lança Laura un matin en guise de bonjour. — Elle n'est pas sale, c'est la vase ! avait-il rétorqué en agitant ses mains. — C'est bien ce que je dis, on croirait que tu fais exprès de ne pas comprendre. » Avait suivi une diatribe contre le vent, ce fichu vent qui lui vrillait les nerfs et ne désarmait jamais, qui apportait le sel, l'air poisseux, les nuages, et la vase justement, de la merde ! Soudain il lui fallait la ville et l'eau claire de ses plages, les restaurants à la mode, les lumières, les gens lancés, elle parlait d'un certain Bernard, un patient du cabinet sur qui Chapireau aurait volontiers écrasé son poing. Avec ses goûts simples, il avait déçu Laura. Mais aux premiers jours de leur rencontre, n'avait-elle pas désiré une vie tranquille, loin de la comédie des apparences ?

Il manquait une explication à Chapireau. Laura avait le secret du malheur parfait : ne jamais se sentir au bon endroit au bon moment avec la bonne personne. Exalter hier et embellir demain, pour mieux détester aujourd'hui. Ce malheur se décomposait en sous-malheurs tout aussi impeccables : un serveur, ou plutôt une serveuse, qui la servait spécialement mal ; un coiffeur, ou plutôt une coiffeuse, qui la coiffait spécialement mal ; un objet neuf qui, spécialement quand elle l'utilisait, se révélait défectueux. C'était ainsi : il y avait toujours quelque chose ou quelqu'un pour lui en vouloir. Des forces malignes liguées contre elle. Sentence ultime et sans appel, Laura servait à Chapireau ses révoltants «de toute façon tu ne m'as jamais aimée», à charge pour lui d'apporter la preuve du contraire, de sacrifier dans l'absurde bataille ses enfants et ses souvenirs les plus chers, jusqu'à sa vie entière.

C'est dans cette Suède imaginaire que Chapireau perdit pied. La certitude le gagna qu'il assistait à sa propre disparition. Il disparaissait petit bout par petit bout. Bientôt, il ne resterait rien de lui. Cela avait commencé par les petits renoncements à tout ce qu'il aimait, les parties de pêche, les sorties aux engoulevents, les déjeuners à la cabane avec ses fils et ses rares amis, les mouclades de chez Chocolat. Tout s'était aggravé avec les départs de Zac puis de Marcel. Il s'enfonçait sans se débattre. La crainte insondable de perdre Laura le paralysait. Pourtant elle n'imaginait pas une seconde quitter Alcide. Elle avait seulement trouvé le moyen de l'éprouver davantage. Elle jouait le jeu dangereux de la séduction auprès d'autres hommes pour s'assurer qu'il l'aimait par-dessus tout.

Elle le traîna à des soirées aux Minimes ou il côtoya des gens contents d'eux. Alcide se sentait incongru, encombré de lui-même dans les chemises cintrées qu'elle tenait à le voir porter — «cela mincit ta silhouette». Il était accablé quand un inconnu flattait Laura sous ses yeux, lui tressant mille compliments remplis de sous-entendus. Il n'avait de cesse qu'ils rentrent à Coup-de-Vague et qu'elle se déshabille pour lui appartenir, car elle revenait toujours à Alcide, le serrant à l'étouffer, s'abandonnant enfin, répétant qu'elle l'aimait. Il la croyait. Il avait raison : c'était la vérité. Elle l'aimait à sa façon cruelle qui le laissait épuisé, groggy comme après un round de boxe. Chacune de leurs virées dans le monde se terminait jusqu'au plus reculé de la nuit par de violentes étreintes dont il ressortait brièvement apaisé. À l'aube, quand le réveil sonnait, il la laissait à son sommeil, les bras ouverts, la poitrine offerte qu'il recouvrait d'un drap, se demandant de quelle guerre il était le rescapé, et combien de temps encore il tiendrait le coup. Une nouvelle journée commençait. L'épée du soleil perçait les brumes matinales. Son naturel optimiste reprenait l'avantage. Forcément ça irait mieux, espérait Chapireau. Forcément elle ouvrirait les yeux et renoncerait à sa résidence de Suède, aux avances de ce Bernard, aux paroles venimeuses qui tombaient comme un aplatisseur de boucher sur son cœur trop tendre. Il lui trouvait des excuses, se reprochant de l'avoir entraînée à Coup-de-Vague qui avait d'abord été la maison de Nélie. Il en oubliait que Laura avait insisté pour s'y installer avec son fils, sans rien ignorer du passé.

Le combat était toujours inégal. Elle distillait son poison d'une voix détachée. Chapireau finissait par proférer des énormités qui le laissaient pantelant. Il se torturait ensuite à vouloir réparer.

Comme un enfant qui croit au Père Noël, il espérait revenir en arrière, juste avant d'être allé trop
loin. « Ce qui est dit est dit », tranchait Laura. Ses
écarts de langage n'étaient que sa manière à lui,
impuissante et maladroite, de l'aimer. Alors il
redevenait plus doux qu'un agneau. Elle pouvait
savourer sa victoire. Elle le battait à plate couture.
Nénesse se demandait pourquoi son ami endu-
rait l'inacceptable. Il ignorait les méandres de sa
conscience où stagnait le sentiment amer d'avoir
laissé partir Nélie. Avec le temps, Chapireau avait
cessé d'en vouloir à ses fils. Il se sentait le seul
fautif de la maladie de leur mère, comme s'il eût
fallu à tout prix un coupable. Alors il laissait
Laura le dévaster, piétiner son lien avec ses garçons et disposer de sa vie. Vivant en éternel
accusé, il voyait dans l'amour douloureux de
Laura le seul amour possible. Chapireau ignorait que les enfants peuvent cesser d'aimer leurs
parents.

Un soir, la jeune femme rentra très excitée de
La Rochelle. Il avait fait dîner Automne, qui jouait
tranquillement au salon pendant qu'il regardait les
nouvelles. Comme souvent désormais, Benjamin
dormait chez son père. Laura avait prévenu qu'elle
rentrerait plus tard. Chapireau n'avait pas cherché à savoir pourquoi. Quand elle se planta devant
lui en soulevant un pan de sa robe, il resta sans
voix. La cheville gauche de Laura était entourée
d'un serpent noir et jaune qui grimpait le long
de son mollet et de sa cuisse. « Du travail d'artiste,
tu peux me croire, regarde la finesse du trait, l'en-

crage de la langue et la couleur nette des taches. Il est plus vrai que nature! — Tu ne peux plus l'effacer? — Bien sûr que non, c'est une œuvre!» L'ancien marin n'avait jamais prisé les tatouages. Il enragea que Laura ait pu sacrifier ainsi une partie de son corps. La jeune femme avait agi sans lui parler de rien. Chapireau imagina le contact froid du serpent et se crispa de plus belle. Avec le temps, l'éclat du jaune serait moins vif. L'image, puisque ce n'était qu'une image, finirait par devenir banale. Pourtant il se sentit trahi. Automne avait lâché son jeu pour s'approcher du python. «En tout cas tu ne toucheras pas à notre fille!» explosa Chapireau. La petite se mit à pleurer. «Tu lui fais peur», cingla Laura, serrant Automne contre elle. Chapireau leva les yeux au ciel, là où il était certain que nul ne veillait sur lui ni sur personne.

26

Benjamin avait mal vécu le départ de Zac et
Marcel. Il savait comment sa mère avait manœu-
vré pour les écarter. Il s'étonnait que Chapireau
n'ait pas réagi plus fermement. Après tout, c'était
des histoires d'adultes. Il ne tenait pas à s'en mê-
ler. Avec les années, il avait appris à esquiver les
excès maternels. Laura savait lui vriller les nerfs
quand elle exigeait des câlins comme d'un enfant
de trois ans, lui qui soufflerait bientôt sa quator-
zième bougie. Elle insistait jusqu'à ce qu'il cède,
puis, devant sa mauvaise volonté, le traitait de
mauvais fils, de fils de son père… Leurs disputes
ne duraient jamais longtemps mais Benjamin y
laissait chaque fois des plumes, surtout quand elle
s'en prenait à Michel qu'elle tenait pour un piètre
artiste «et un père n'en parlons pas». Depuis que
Michel avait limité ses tournées aux concerts en
région, Benjamin passait plus de temps chez lui.
Surtout depuis l'épisode de la trompette.

Automne avait juste trois mois. Laura avait repris depuis peu son travail au cabinet d'iridolo-

gie. Elle s'était arrachée avec peine aux journées de bonheur paisible où elle couvait sa fille, consignant sur un cahier ses progrès, ses expressions, ses premières syllabes. Elle rentrait du travail sur les nerfs, frustrée de ces heures loin d'Automne. Elle se rattrapait le week-end et n'acceptait aucune invitation pour se consacrer à la petite. Un dimanche, Benjamin était rentré joyeux de chez son père, une trompette entre les mains. Il avait fait admirer ses reflets cuivrés, la pureté du son. Comme pour tout ce qui venait de Michel, Laura avait tordu le nez. Benjamin s'était aussitôt enfermé dans sa chambre, attaquant avec fougue une partition de Miles Davis. Deux fois Laura lui avait crié « moins fort ! ». Emporté dans son élan, et précisément parce qu'il baignait dans sa musique, l'apprenti Miles Davis n'avait rien entendu. Chapireau proposa une promenade. « Nous n'avons pas pris l'air de la journée », dit-il avec naturel. Laura refusa de sortir dans la fraîcheur ventée de cette fin d'après-midi. « Et Automne, tu veux qu'elle attrape mal ? » Les bras croisés dans le canapé du salon, fulminant de plus belle, Laura avait haussé les épaules. Puis elle avait bondi dans l'escalier. Aux cris de Benjamin, Chapireau comprit que la lutte s'était engagée. Une vitre explosa. Le garçon hurla puis surgit tel un diable de sa chambre en claquant la porte. Il dévala l'escalier, sortit dans le jardin avec un regard fou, poussa alors un cri qui aurait réveillé un mort. La trompette s'était fracassée sur la barrière de rochers qui protégeait la maison du vent.

Le pavillon de l'instrument était sacrément déformé. Par chance, le tube principal semblait intact, à peine éraflé vers l'embouchure.

Chapireau avait assisté à la scène. Il rejoignit Benjamin, dont les pleurs secouaient le corps tout entier. «Je la ferai réparer, lança-t-il en ramassant sa trompette. Je suis certain qu'elle marche encore.» Benjamin secoua la tête : «Tu n'y connais rien. Elle me l'a massacrée ! — Suis-moi», proposa Chapireau. Il l'entraîna sur le chemin de la mer. Ils marchèrent côte à côte sans un mot. L'air n'était pas si frais. Au bout de quelques minutes, ils atteignirent le carrelet. La marée baissait. L'eau était couleur de boue. Le garçon renifla. C'était la première fois qu'ils se retrouvaient ici ensemble. Ils s'installèrent face à l'Océan. Chapireau prépara les filets, le large devant et les petits sur les côtés. Le courant formait de belles vagues. Dès le premier relevage à la manivelle, ils virent un mulet se débattre. Le vent du soir avait chassé les derniers nuages. Le soleil se réverbérait sur l'immensité. Au loin se dessinait le trait blond des plages de Vendée. Il faisait presque chaud. Benjamin restait silencieux. Son visage se détendait. Il était costaud comme son père, le poil noir, les yeux tendres, la même fente au menton, de quoi énerver Laura. Avec Chapireau il n'échangeait que des regards. Si un filet résistait, il lui prêtait main-forte. Entre deux manœuvres, il caressait sa trompette comme un animal blessé.

Au bout d'une heure, Benjamin s'assit sur la plate-forme, le dos contre la paroi de la cabane, puis il porta l'instrument à sa bouche. «Tu vas charmer les poissons?» le taquina Chapireau. Dans le cuivre se refléta un sourire. Le son aigu et lent répondit aux flots, ce même son qui avait exaspéré Laura. Le va-et-vient de l'eau et des notes les plongea dans une douloureuse mélancolie. Chapireau pensa à ses fils. Qu'auraient-ils dit s'ils l'avaient vu avec Benjamin? Les tamarins ployaient sous le vent. La musique flottait. Ils ne s'occupèrent plus du carrelet. Chapireau remit les poissons à l'eau. Il savait que Laura ne les cuisinerait pas, alors à quoi bon? Quand ils revinrent à Coup-de-Vague, la nuit tirait son grand drap par-dessus la mer. Benjamin monta sans manger dans sa chambre. En chemin, il avait soufflé à Chapireau qu'il aimait mieux quand Zac et Marcel étaient là.

27

Les jours d'après,
Le jour se sépara de la nuit.
Il y eut Laura la douce le jour.
Laura la dingue la nuit.
C'était Laura et ce n'était plus Laura.
Et tout s'inversa.
Il y eut
Laura la dingue le jour.
Laura la douce la nuit.
Et tout se mélangea encore.

28

Un week-end, les garçons firent l'effort de revenir à Coup-de-Vague. Leurs grands-parents leur avaient suggéré ce geste. Marcel, à qui son père manquait, s'était laissé convaincre en premier. Zac avait hésité. S'il avait fini par dire oui, c'était pour ne pas laisser son frère y aller seul. Chapireau déborda de joie quand le vendredi, au bus du soir, il vit ses fils descendre à l'arrêt de la cabane. En les serrant, il mesura combien ils lui avaient manqué. Ils racontèrent leur début d'année, les profs, les copains. Marcel fit une allusion aux filles que Zac abrégea d'un coup de coude. Laura les accueillit avec le sourire. Douce Laura. Benjamin eut l'air content de les voir, comme Automne qui tendit ses bras. Marcel la prit contre lui. Zac déposa un baiser sur son front. La drôle de famille était au complet. Laura avait caché son python sous une robe.

Le dîner était prêt. La conversation s'engagea sans entrain. Zac et Marcel se tenaient sur leurs gardes. À la fin du repas, Benjamin partit chercher un jeu de cartes. Pendant que Laura débarrassait la table, ils commencèrent une bataille. C'est après une dizaine de parties que l'orage éclata. Un orage sans éclairs, bref et soudain. «Les garçons, fit Laura avec autorité, vous dormirez dans le canapé-lit du salon.» Zac et Marcel se regardèrent. Chapireau fixa Laura d'un air hésitant. Elle lui signifia que c'était à lui de poursuivre. Une expression pénible traversa son visage. Il se lança : «Maintenant Marcel, Automne est installée dans ton ancienne chambre. Et Benjamin a rapporté tant de choses de chez son père que tout est stocké sur ton lit, Zac.» Chapireau lut d'abord le désarroi dans les yeux de ses fils. Puis la colère. La révolte. «Pas question de dormir dans le salon! s'insurgea Zac. — Je veux ma chambre! protesta Marcel. — Il est tard, temporisa leur père. On arrangera tout ça demain, d'accord?» Laura le foudroya des yeux. Un laser mauve. «On s'en va! décida l'aîné, ses traits déformés par la fureur. — Bon débarras! ne put retenir Laura. — Mais vous voulez aller où?» fit Chapireau accablé. Le monde se déchirait. Coup-de-Vague sombrait. Automne s'accrochait aux chaises et aux coins de table. L'air paniqué, elle écoutait les éclats de voix. «Il faut la coucher!» cria Chapireau. Déjà Zac avait saisi le combiné du téléphone et composait un numéro. Au bout de quelques secondes son visage s'apaisa. «Papillon? C'est moi, Zac. Tu peux venir nous chercher? Oui, à l'arrêt de Coup-de-Vague. Le plus vite que tu peux.»

Dix minutes plus tard, les garçons étaient dehors dans la nuit d'octobre, cartable à la main et sac de linge sale à l'épaule. « Laisse-les partir, ce sont des ingrats ! » persifla Laura. Chapireau resta un instant prostré. Automne pleurait en lui tendant les bras. N'y tenant plus, il claqua la porte et se mit à courir. Laura vociférait. Des paroles incompréhensibles sortaient de sa bouche. Zac et Marcel étaient quelques mètres devant lui, deux silhouettes sombres sous le halo des lampadaires. Une petite pluie froide mitraillait leurs joues. « Elle a ses nerfs, vous serez mieux chez vos grands-parents », s'excusa Chapireau. En voulant les embrasser, il les sentit se raidir. Marcel lui apparut dans toute sa fragilité, avec son cou maigre que parcouraient de fines veines bleutées. Il aurait tant voulu le garder contre lui comme avant. Alors qu'ils s'éloignaient, il eut l'impression que ses fils avaient rapetissé.

L'auto balaya la route de ses phares. Chapireau se tint en retrait. Le père de Nélie chargea les affaires des enfants et lui fit un signe désolé de la main. Chapireau s'était toujours demandé pourquoi Zac et Marcel avaient rebaptisé leur grand-père Papillon, le surnom de Mamillon s'imposant logiquement pour leur grand-mère. Papillon était un homme corpulent et sanguin. Ce soir-là pourtant, Chapireau lui trouva une légèreté dans les gestes, quelque chose d'aérien. L'image le hanta longtemps d'un gros papillon emportant Zac et Marcel sur ses ailes de géant. La gorge serrée,

Chapireau repartit d'un pas lent, enfoncé dans sa solitude, le corps courbaturé d'un homme qu'on a roué de coups. Le vent portait la rumeur de l'Océan. S'il avait eu du cran, il s'y serait jeté.

Automne n'était pas couchée. Laura lui avait dit « papa revient », alors elle l'attendait. Et quand sa haute stature aux épaules tombantes s'encadra dans l'entrée, sans s'aider d'aucun appui, les bras tendus vers lui, la petite se mit à marcher. Pour le rejoindre, elle venait de faire ses premiers pas.

Laura s'était calmée. Elle était douce à nouveau. Ils montèrent dormir dans un silence absolu. « Je crois que nous n'avons plus rien à faire dans cette maison », fit Laura avant d'éteindre sa lampe de chevet. Chapireau resta les yeux ouverts dans le noir. Il se revit embrasser Zac et Marcel au moment du coucher, autrefois. Le cérémonial se prolongeait toujours. Il fallait une histoire, un baiser, une caresse, une promesse pour le lendemain. Plus tard, il repassait sur la pointe des pieds, guettant leurs souffles mêlés. Leur respiration régulière l'apaisait. Il se penchait sur leurs fronts et se demandait quels rêves les avaient emportés. Au matin, il retrouvait ses fils endormis. Il les réveillait avec douceur, entrouvrait les volets. Un coin de ciel bleu entrait. Ils peinaient à sortir du lit, se roulaient en boule et mendiaient encore quelques secondes. Chapireau ne perdait pas une miette de leurs gestes lents. Il buvait des yeux leurs visages d'angelots renfrognés. Il soulevait les cheveux de leur nuque, dégageant la peau rosée de leur tache de naissance qui formait comme une cible tendre. Et dans la tiédeur de ce creux il déposait un baiser. Chacun de ces instants était une fête quotidienne. Chapireau annonçait le petit déjeuner, les tartines, les confitures, le miel des ruches voisines. À la moindre contrariété chez l'un ou l'autre, il se faisait du mauvais sang au-delà du raisonnable, tâchant de savoir quel chagrin trouait le cœur de Zac ou de Marcel. Il n'était pas en paix tant que ses fils ne retrouvaient pas leur gaieté. Et c'est ce père qui les avait livrés sans défense à Laura la dingue.

29

Chapireau n'exista plus qu'au ralenti. La tête ailleurs, il effectuait sans entrain ses gestes quotidiens, l'entretien des bouchots avant l'hiver, la préparation des naissains d'huîtres. Il savait réparer les filets de pêche. Il ne savait pas raccommoder les sentiments. L'envie le taraudait de se rendre à l'internat pour voir ses fils. Que leur aurait-il dit? Comme toujours ils avaient espéré son soutien. Comme toujours il n'était pas venu. Un soir en fin de semaine, il s'était décidé. Il avait voulu leur faire la surprise en les attendant au milieu de la cour d'honneur du collège, au pied d'un palmier déplumé. Le surveillant général les avait appelés. Ils étaient arrivés sans hâte, les visages fermés. «Qu'est-ce que tu viens faire?» avait demandé Zac d'un ton cassant. Ses propres paroles l'avaient blessé. Il en avait voulu à son père de le contraindre à lui parler si durement. À ne plus le respecter. «Je viens vous voir, répondit Chapireau. — Ben, tu nous vois.» Zac avait tourné les talons. Marcel n'avait rien dit. Avant, il serait resté. Il se serait blotti contre lui. Mais depuis l'épisode des chambres, Marcel était solidaire de Zac. L'amour qu'il portait à Chapireau s'était mué en une haine immense, trop vaste pour ses petits yeux noirs. C'est cette haine qu'Alcide prit en pleine figure. Comme toujours face à l'hostilité, il recula. Il fit un salut de la main et s'en alla, pensant naïvement qu'il les entendrait revenir, qu'ils s'accrocheraient à ses bras, ainsi qu'ils le faisaient enfants, quand ils lui demandaient de courir à toute vitesse et d'imiter l'hélicoptère en tournoyant de droite et de gauche par-dessus l'herbe haute du marais. Ça, c'était le passé. Pour rien au monde ils n'auraient tenu la main de leur père. Ils auraient eu trop peur qu'il les lâche.

Pourtant Chapireau n'avait pas rêvé. Il reconnut le pas précipité de Zac, son souffle dans son dos. En se retournant plein d'espoir, prêt à ouvrir ses bras en grand, il reçut son foulard au visage. Zac l'avait jeté comme un projectile. Jamais caresse de soie ne fut plus cinglante. Chapireau ramassa le tissu et le respira. Il ne sentait plus son odeur mais celle de son fils qui s'éloignait à toutes jambes. Il le roula dans la poche de sa veste et repartit sans but, privé de volonté.

De retour à Coup-de-Vague, Chapireau n'eut pas le courage de pousser la porte de la maison où Automne l'attendait puisque, pour elle, il était Dieu. Il marcha droit devant lui, le long de la côte. Quand il se décida à faire demi-tour, il était déjà loin en direction de la Vendée. En bordure

de champ, il tomba sur deux jeunes cigognes éga-
rées. Elles étaient nées ici pendant l'été. Les
adultes s'étaient envolés sans elles vers la chaleur.
Elles restaient là, seules et perdues, ne sachant
que faire de leur périlleuse liberté. Chapireau
leur parla comme s'il venait de retrouver ses
enfants.

Un mois s'écoula sans que les garçons lui
donnent de nouvelles. Papillon l'avait prévenu
qu'il les prendrait à la Toussaint. « Ça ne doit pas
être facile, avait-il soufflé au téléphone sur un ton
compréhensif. Vous verrez, Alcide, ça se tassera.
Soyez patient. » Chapireau avait remercié. Il avait
voulu lui envoyer un peu d'argent. Le vieil homme
avait refusé. À Coup-de-Vague, un semblant de
normalité avait pris le dessus. Laura rayonnait.
Elle houspillait parfois Benjamin en lui reprochant
d'être aussi paresseux que son père. Zac et Marcel
éloignés, elle s'en prenait volontiers à son ex à travers « Benji ». Elle entrait dans de longues diatribes
contre une collègue du cabinet d'iridologie, une
assistante qui, selon elle, avait embobiné un des
médecins de l'équipe pour se faire augmenter.
Chapireau s'était bien gardé de la contredire.
Depuis la naissance d'Automne, Laura pouvait
prendre son mercredi. Il en avait résulté un sur-
croît de travail pour l'autre assistante. Il ne trouvait rien d'anormal à ce qu'elle soit mieux payée.
Laura se refusait à voir la réalité. À ses yeux, « cette
pétasse d'Irène » avait fait ce qu'il fallait pour se
mettre dans les petits papiers, voire plus, du médecin. C'était la technique de Laura : insinuer. Elle

n'en démordait pas et Chapireau la laissait s'énerver toute seule. Tant qu'elle dénigrait «cette pétasse d'Irène», songeait-il sans joie, elle le laissait en paix. Elle parlait moins souvent de la résidence de Suède. D'expérience, Chapireau savait que Laura ne renonçait jamais. Son silence ne disait rien de bon.

Le calme s'était donc installé, fragile et inquiétant, barbelé d'une tension sous-jacente. Si Chapireau éprouvait un peu de légèreté, c'était avec Automne. À la vue de son père, la petite exultait. Ces élans spontanés le soulevaient. Quand il la prenait dans ses bras, c'est elle qui le portait. Il respirait son odeur, respirait son souffle. Lui chantait des chansons qu'elle écoutait avec la gravité soudaine des petits. À présent Automne enchaînait les pas. Elle voulait aller vite, surtout quand elle l'apercevait. Le soir, c'est contre lui qu'elle trouvait le sommeil. Il s'avançait parfois jusqu'à la mer et lui demandait de tendre l'oreille. Dans le silence de la nuit, ils entendaient le cri étrange des engoulevents. Ces moments lui en rappelaient d'autres avec Zac et Marcel, et il serrait Automne plus fort encore avant de la déposer dans son lit. Il craignait de la perdre, elle aussi.

Avec Laura, les sorties de crise étaient toujours la crise. Elle avait ses moments oui et ses moments non. Ils étaient encore dans les moments non. Non aux caresses, aux baisers, à l'amour. Oui aux regards fugaces où filtrait chez elle, à travers la forêt de ses longs cils, un éclair insoupçonné de tendresse. Oui aux gestes s'ils se limitaient à une pression de sa main qui broyait les doigts de Chapireau. Leur lit ressemblait toujours à l'hiver. Le soir elle se glissait nue entre les draps. Puis elle lisait jusqu'à tomber de sommeil. Imperturbable. Elle sentait le désir de Chapireau. Elle le nourrissait d'espoir en décroisant négligemment une jambe sur la sienne, tout en restant concentrée sur son livre. Il sentait l'odeur de sa peau, elle se frottait contre sa cuisse. Elle titillait son sexe d'une pression furtive de l'index et du pouce, accompagnant son geste d'un «hum» qui en disait long. Qui disait quoi au juste? Tu ne me baiseras pas ce soir ni demain ni jamais qui sait? Il avait envie d'elle comme au premier jour. Elle le savait. Elle en jouait. Tout à coup elle se tournait de côté, les fesses en évidence, bien arrondies, son beau petit cul, comme elle disait quand elle avait picolé, «tu veux mon beau petit cul?», ça choquait les bonnes manières de Chapireau mais, au fond, il préférait ce langage cru au silence. Elle tournait ses pages, indifférente. Il entendait ses soupirs. Elle tournait encore une page. Il tentait de la caresser. Elle murmurait «pas maintenant». Maintenant n'existait plus.

La contrariété de Chapireau lui retournait les nerfs. Il avait envie de quitter cette chambre et de crier. Envie qu'il se passe quelque chose. De tout casser. Il voulait qu'elle le voie, qu'elle le comprenne. Il se heurtait à son silence. C'était facile. Il lui aurait suffi de s'énerver pour qu'elle lui reproche sa violence. Elle savait bien son rôle. Blesser par la parole ou blesser en se taisant. C'était toujours blesser. Parfois pourtant, Chapireau reprenait espoir. Laura se montrait câline. Dans la soirée, elle envoyait des signaux pareils à des promesses. Elle était complice, compatissait avec son manque. Elle l'invitait à patienter. Elle lui susurrait à l'oreille des mots qui l'excitaient. Elle restait très forte en mots. À l'heure de se coucher, Laura trouvait prétexte à veiller encore. Elle devait d'urgence classer du courrier, vider le sèche-linge, préparer un plat pour le lendemain. Il s'impatientait, « tu montes ? ». Elle retardait le moment. C'était son jeu. Le bruit de ses talons frappait le carrelage de la cuisine, allait et venait dans toute la maison. Une suractivité la submergeait. Elle changeait des objets de place. Elle brassait du vent, gagnait du temps. Enfin elle apparaissait dans son insolente nudité. Elle s'assurait qu'il la mangeait des yeux. Elle se plongeait alors dans sa lecture en bâillant, juste une page, je suis morte. « Et toi, tu te la mets autour du cou », avait commenté Nénesse, un jour d'abattement où Chapireau s'était confié, le regrettant aussitôt. Autour du cou, là où naissaient parfois sur la peau de Laura d'étranges taches rouges.

Il y eut cette nuit qu'il aurait voulu oublier. Son envie lui déchirait le ventre. Ils n'avaient plus fait l'amour depuis de longues semaines. Au dîner, elle l'avait allumé comme le font les adolescentes effrontées. Il l'avait retrouvée dans un bar de La Rochelle. Une baby-sitter gardait Automne. Ils avaient bu un peu trop, c'était leur façon de se rejoindre. Vers une heure du matin, ils étaient rentrés à Coup-de-Vague, gris et titubants. Laura s'était laissé déshabiller. Il avait roulé chacun de ses bas, découvrant la chair blanche de ses cuisses. Il avait dégrafé son soutien-gorge de ses doigts tremblants. Il avait pressé ses seins contre sa poitrine et senti leur bout dur. Une fois nue, Laura s'était dégagée d'un coup, disparaissant dans la salle de bains. Elle avait resurgi au bout de longues minutes, dans une chemise de nuit décourageante. Les yeux assombris, elle s'était lancée dans un monologue sur sa liberté à disposer de son corps. Elle avait parlé de tout et de rien. Il avait tenté de l'approcher, elle ne s'était pas laissé faire. Elle répétait « attends, attends ». Il ne faisait que ça, attendre. Son désir le dévorait. Son cœur tambourinait, il avait la gorge sèche et, comme toujours, il n'avait pas les mots pour dire. Laura se moqua de lui, le traita d'obsédé. Au bout de dix minutes, elle dormait d'un souffle lourd, assommée d'alcool, le corps sans désir. Il se trouva stupide à bander pour rien, le sexe douloureux. Un sentiment de vide le frappa. Il eut envie de mourir et envie de tuer. Il se retourna jusqu'au milieu de la nuit. Son envie ne le laissait pas en paix. Exaspéré, au bord des larmes, il finit par se figer sur le dos. Il imagina d'abord des femmes sans visage, de gentilles inconnues. Comme il n'arrivait à rien, il se mit à fantasmer sur des clientes de la cabane aux formes généreuses, à la bouche sensuelle, et qui ne lui inspiraient surtout aucun sentiment. Il était dans la chair, pas dans l'amour. Tout lui parut absurde. Soudain la figure de sa mère lui apparut sans crier gare. Il ne la voyait plus depuis des années, et voilà qu'elle émergeait du noir, solidaire de Laura, marmonnant « mon pauvre garçon, tu n'as jamais su t'y prendre avec les filles ». L'humiliation était totale. Il vit encore le visage de Patricia, la femme de Nénesse, et s'exaspéra de plus belle. Jusqu'où allait-il se torturer ? Enfin il se représenta Laura qui le chevauchait. Laura qui avait fini par ôter sa chemise de nuit et dormait nue à quelques centimètres de lui. Il attrapa son sexe à pleine main et en fit coulisser la peau sur son gland irrité. Il n'éprouva d'abord aucun plaisir. Il ne s'était plus caressé depuis l'adolescence, sauf une fois entre deux longues escales du croiseur *Duquesne*, au milieu de la mer de Chine. Sa paume lui parut d'une tristesse à pleurer. Il n'éprouva de léger bien-être qu'après quelques minutes de ce va-et-vient stupide à côté de la femme qu'il aimait. Imaginant le corps chaud de Laura, il se libéra d'une onde visqueuse et tiède. La sensation le ramena au milieu de son adolescence, quand il trempait de ses fantasmes les draps du pensionnat. Puis il retomba sans force ni envie dans sa nuit privée de rêves. Un filet de sperme coula le long de ses hanches, qu'il essuya avec un coin du drap. Le dégoût l'envahit. Laura venait de se retourner dans son sommeil. Il sentit son souffle sur lui, son parfum. Elle remua encore légèrement et lui offrit à nouveau son dos. Il suspendit sa respiration, craignant de

152

l'avoir réveillée. Allait-elle éclater de rire ? Il s'endormit les doigts poisseux, une impression de froid sur l'estomac. Au matin, il épousseta le sperme cristallisé sur son ventre comme les miettes d'un mauvais repas.

30

Cette vie les brisait. Benjamin se réfugiait dans sa musique qu'il écoutait sous un casque pour étouffer le jazz de son père. Seule Automne savait encore sourire. Un mercredi de novembre, après une journée harassante à curer ses bassins, Chapireau trouva la maison sens dessus dessous. Les coussins des canapés jetés par terre. Les tiroirs des meubles ouverts, leur contenu éparpillé dans tout le salon. Les chambres dans un désordre indescriptible. Et au milieu de ce capharnaüm, les cris de Laura. Automne, elle, jouait avec ses cubes en mousse. Son calme contrastait avec l'agitation de sa mère. Chapireau accourut. « Que s'est-il passé ? Des voleurs ? Vous n'avez rien ? — Il s'est passé que les voleurs, ce sont tes fils. » Des pleurs nerveux secouaient Laura. Elle s'affairait à ranger sans savoir par où commencer, frappant le carrelage et le plancher de ses talons frénétiques. « Je suis rentrée à la maison il y a une heure avec la petite. La porte n'était pas fermée à clé. Regarde ce champ de bataille ! » Chapireau monta à l'étage.

« Tu les as vus ? » Laura haussa les épaules. « Ils ne m'ont pas attendue. Ils ont dû guetter mon départ et, dès qu'ils ont pu, ils sont entrés. Tous les cintres avec leurs vêtements ont disparu. Et là, fit-elle en désignant le bas d'une penderie, Marcel a pris son skate, Zac sa raquette de tennis. Mais la télé, la chaîne, le micro-onde, rien ne manque. Ce qui a disparu appartenait à tes fils. »

Chapireau observa ce spectacle fascinant de froide vengeance. Il s'imagina Zac et Marcel remplissant leurs sacs en hâte comme des voleurs. Des voleurs qui se seraient volés eux-mêmes. Il s'avança près du petit secrétaire où son aîné rangeait ses affaires les plus précieuses. Un jour, dans le tiroir étroit dissimulé sous le plan de travail, il l'avait vu glisser des photos de Nélie. Chapireau tira d'un coup sec sur la poignée du tiroir. Il était vide. Zac était bien passé par là. « Je vais appeler la police ! décida Laura. — Pas question ! » répliqua Chapireau. L'insurrection de ses garçons lui avait redonné du mordant. Au fond de lui, il ne leur en voulait pas. Au contraire. Il avait eu la monnaie de sa pièce. Ils s'étaient battus avec leurs armes. « Et pourquoi je n'appellerais pas la police ? » s'énervait Laura. Chapireau se taisait. Il contempla le désordre. Les objets gisaient au sol, à l'image de leur existence à tous. Zac et Marcel s'en étaient pris aux choses, faute de pouvoir les atteindre, Laura et lui. Ils s'étaient acharnés sur les vêtements de leur belle-mère, qu'ils avaient éparpillés à travers la maison. « Il me manque mes bijoux ! » s'écria Laura, avant de les retrouver en vrac dans les toilettes. Elle entra en furie quand elle découvrit ses plus belles bagues au fond de la cuvette. Les garçons s'étaient abstenus de tirer la chasse d'eau. Ils avaient dû éprouver un certain plaisir à se figurer Laura plongeant sa main dans les W.-C.

« Je vais prévenir les flics », cingla la jeune femme. Automne se mit à pleurer. Chapireau l'attrapa et la prit contre lui. « Tu n'as pas besoin de crier ! fit-il en colère. — C'est toi qui cries ! » beugla Laura encore plus fort. Automne hurla dans les oreilles de son père. « T'es dingue ou quoi ? gronda-t-il. — Ça recommence ! Tes fils viennent nous voler et c'est moi qui suis dingue ! C'est toujours moi la dingue ! » Chapireau sortit au jardin, pressé de soustraire Automne à la tempête. Laura ne tarda pas à lui emboîter le pas, les clés de la voiture à la main. « Où vas-tu ? — Je te l'ai déjà dit. — Au commissariat ? » Elle lâcha un soupir courroucé. « Je te l'interdis ! » Cette fois il criait vraiment. Et Automne le regardait avec effroi. « Tu n'as rien à m'interdire. Tu as laissé tes fils bousiller notre vie sans lever le petit doigt. Jusqu'où allons-nous tomber si je ne réagis pas ? »

Dans la bagarre, Chapireau gifla encore Laura. Automne était affairée à déterrer des cailloux près du carré des impatiences. La scène lui échappa. C'était plus important, ces petits galets blancs et lisses comme des dragées qui dessinaient un cordon de protection autour des fleurs de sa mère. Mais sait-on jamais ce qu'un enfant voit? Aucun regret ne traversa Chapireau. «Plus jamais tu ne lèves la main sur moi, fit Laura. Et plus jamais tes fils dans cette maison. Plus jamais! Même s'ils s'excusent. Rien du tout. C'est vous qui êtes dingues dans cette famille. Tu devrais faire voir ces deux petits monstres à un psy, et en profiter pour consulter par la même occasion. Je dis ça pour vous, ce n'est plus mon problème...»

Prononçant ses dernières paroles, elle avait retrouvé un semblant de calme. C'était sa vérité : ils devaient tous se faire soigner. Un voile mauve était tombé sur ses yeux où ne brillait aucune expression d'apaisement. Ils exprimaient au contraire la dureté à l'état pur, pareille à celle du diamant monté sur bague qui trempait encore au fond des toilettes.

Il ne fut plus question de police. Laura n'avait pas eu l'intention de la prévenir. Elle voulait seulement agiter une menace. Puis elle se désintéressa de l'incident comme s'il n'avait pas eu lieu. Elle s'était rassasiée de sa colère. Son éclat lui avait procuré un bien-être qui, à présent, la laissait en repos. Laura n'accorda plus aucune attention à Chapireau, le laissant ranger jusqu'à la dernière petite cuiller puisque, après tout, les coupables étaient bien ses enfants. Il n'eut plus face à lui que son regard vide. Il se demanda ce que pouvaient bien cacher ces iris. Comme les chats, Laura donnait l'impression de saisir la réalité autrement que les humains. Mais que voyait-elle au juste ?

Avant de monter se coucher, elle voulut lui parler. Sur un ton pacifié, d'une grande douceur, elle avertit Chapireau que sa décision était prise. Elle irait vivre en ville et emmènerait les enfants avec elle.

31

À l'aube du lendemain, Nénesse attendait Chapireau pour une chasse à la bécasse. Le rendez-vous était fixé à la cabane. De là, ils partiraient en auto vers la Vendée. Ils avaient leurs coins. Chapireau avait pensé annuler au dernier moment. Puis il s'était ravisé. Il espérait se changer les idées. Il espérait surtout que Laura changerait d'avis, que la nuit aurait effacé ses démons.

Nénesse était un petit homme râblé, dur au mal et fort comme un taureau, avec des mollets pareils à des cuisses, une voix douce et le cœur sur la main. Souvent il avait sauvé la mise à Chapireau, du temps où ils naviguaient sur *Pélican*. Une nuit que la coque gîtait, Nénesse lui avait évité une mauvaise lame. Une autre fois, il avait amorti un retour de chalut dans un spectaculaire bras de fer contre le courant furieux. Nénesse avait déployé une folle énergie pour redresser l'armature de métal qui, sans son entêtement de lutteur, aurait assommé Chapireau à coup sûr.

Si les deux hommes étaient aussi liés, c'était d'abord par leur peu d'entrain à parler. Il leur arrivait de marcher des heures à travers champs sans échanger un mot, concentrés sur les allures des chiens. Leur amitié supportait le silence. C'était un accord tacite entre eux. Ils jugeaient vain de tout compliquer avec des phrases. Quand parler était inévitable, ils se contentaient de demi-mots qui renforçaient leur complicité.

La chasse à la bécasse était leur grand large depuis qu'ils avaient quitté l'Océan. Ils traversaient des étendues immenses où le vent de la haute mer se prenait dans les frondaisons. Ils reconnaissaient son sifflement aigu dans les haies, dans les palisses à grives, dans les buissons d'épines. Ses rafales ridaient l'eau des fossés, des étangs, des flaques après la pluie. Les deux hommes admiraient la bécasse, sa sauvagerie et sa ruse. Elle était un gibier supérieur entre tous, le plus insaisissable avec son vol aux trajectoires inattendues qu'elle pouvait prolonger sans repos des jours entiers. Nul n'avait jamais pu l'élever comme un vulgaire faisan. La bécasse était la reine des migrateurs. Sa robe couleur feuille morte la rendait invisible. Chapireau enviait sa liberté.

Ce matin-là, leur programme fut chamboulé au dernier moment. Une battue aux sangliers était organisée dans les terres. À tout hasard, Nénesse s'était muni de chevrotines. Il en avait glissé quelques cartouches dans la ceinture de Chapireau. « Si des fois la bécasse ne mord pas », avait dit Nénesse. Il sentit qu'il ne devait pas évoquer Zac et Marcel, et encore moins Laura. Ils avancèrent longtemps le nez levé sur le ciel vide. Aucune bécasse ne se montra. Ils ne furent guère plus chanceux avec les sangliers. Le seul qu'ils aperçurent dans une trouée disparut si vite que la cartouche de Chapireau fit long feu. Il chargea en hâte une deuxième chevrotine mais, à l'instant de viser, l'animal s'était enfui.

Les deux hommes s'étaient séparés en milieu d'après-midi. Avant de rentrer chez lui, Nénesse avait prié son ami d'embrasser ses « gars », comme il disait. Chapireau avait hoché la tête d'un air pensif. Il ne prit pas aussitôt la direction de Coup-de-Vague. Plusieurs commandes à préparer l'attendaient. Des huîtres à classer par tailles. Il oublia que dans son fusil restait une cartouche. Ou il n'oublia pas. Quand il finit par rentrer, juste avant la nuit qui tombait tôt dans la grisaille de novembre, il appréhenda l'accueil que lui réserverait Laura. Tout était dans le regard. Dans ce voile mauve qui ombrait ses yeux, transpercé par une brillance noire dans la pupille.

Laura s'activait dehors. Elle avait déjà rempli deux poubelles d'objets hétéroclites, de vêtements, de maquettes d'avions, de jeux, de revues de moto, de disques de rock. Chapireau s'inquiéta d'Automne. « Elle est avec Benjamin ? — Benjamin est chez son père. Elle est devant un dessin animé. »

Chapireau entra dans la maison. Il embrassa sa fille et repartit à la voiture prendre ses affaires de chasse, sa gibecière vide, sa cartouchière, son fusil qu'il laissa près de la porte de la cuisine, côté jardin, en ayant soin de casser le canon. Il observa Laura qui jetait l'enfance de ses garçons. Le dessin animé était terminé. Automne était venue jouer dans les jambes de sa mère, cherchant sa place au milieu de leur froid. Chapireau attendait que la petite soit couchée.

Que se passa-t-il après ? Laura le harponna, sans qu'il se souvienne comment. Une bouteille fut ouverte et bue. Puis une autre. Laura vidait ses verres à la manière des brutes de western, rejetant sa tête en arrière pour avaler jusqu'à la dernière goutte. De cette soirée, Chapireau garda seulement l'écho de son rire. Plus elle riait, plus elle montrait les dents. Après sa chasse manquée, il restait dans son canon une envie de tuer. Un seul mot avait dû suffire, un mot de trop. Chapireau avait oublié lequel. Tout avait volé en éclats avec la décharge de chevrotine. Automne dormait à l'étage quand son père supprima sa mère. Le lendemain, comme si de rien n'était, il la conduisit chez sa nourrice.

Pendant la nuit, il nettoya la cuisine, les azulejos tout neufs. Une belle faïence bleutée qu'il avait posée de ses mains. Pour lui, un azulejo ne pourrait plus être que rouge sang. Il transporta le corps de Laura sur sa pinasse, bien après la bouée à cloche qui signalait les mauvaises passes de son tintement lugubre. Il l'avait enroulé dans un de ces tissus épais qui servent aux boucholeurs pour protéger les jeunes moules des crabes voraces, et qu'ils appellent tahitienne. Enfin il l'avait lesté d'un poids et passé par le fond au milieu des bouchots, sur un lit de vase et de coquillages. Rien n'était plus remonté en surface. Il avait retenu la leçon de la femme plombée.

De retour à Coup-de-Vague, Chapireau détruisit les habits d'hiver de Laura, ses gros manteaux, ses chaussures fourrées. Il s'imagina la jeune femme dans chacune de ses robes sans éprouver aucun remords. Il effaça ses affaires de toilette, ses crèmes, ses parfums, faute d'effacer son odeur et le souvenir de leurs étreintes qui s'était ravivé à la vue de ses vêtements. Son calme l'effraya. À l'aube, il s'étendit les bras en croix. Son lit n'était plus une banquise. C'était toujours un désert.

Après avoir accompagné Automne, Chapireau scruta la maison à la lumière du jour. Il s'assura qu'il n'avait laissé aucune trace suspecte. Il remplaça deux azulejos criblés de chevrotine. Puis il décida qu'il ne s'était rien passé. Laura avait disparu. Comme chaque jour des milliers d'hommes et de femmes sur la terre. C'est l'histoire qu'il raconta le lendemain au commissaire principal. L'homme se rendit à Coup-de-Vague et ne constata rien d'anormal. Il interrogea longuement Chapireau. Voulut comprendre ce qui aurait pu expliquer le départ brutal de Laura. Chapireau ne se força pas pour paraître abattu. Déjà il se sentait étranger à son crime. Au bout de quelques semaines, les recherches furent abandonnées. Au cabinet d'iridologie, le patron de Laura avait insisté sur son caractère fantasque, précisant qu'elle menaçait régulièrement de tout plaquer. Les enquêteurs se contentèrent de ce portrait de Laura, une femme imprévisible et un peu braque, une femme qui n'entrait dans aucune catégorie, renchérit Chapireau devant le commissaire. « Un être indéfinissable », avait repris le policier, qui le connaissait de longue date. Jamais il n'aurait cru l'ancien marin capable d'un crime. Chapireau lui-même ne se voyait pas dans la peau d'un assassin. Le commissaire était un habitué de la cabane. Il était friand des moules de bouchot et des huîtres maigres, quand leur chair n'était pas gonflée de lait. Son opinion était faite. Chapireau était un brave type que Laura menait par le bout du nez. Elle s'était fait la malle avec un autre. Un détail clochait, et non des moindres. Qu'elle soit partie sans ses enfants ne lui ressemblait guère. Pour autant, le commissaire classa le dossier. Sous réserve de découvrir un nouvel élément qu'il ne se donna pas la peine de chercher.

Chapireau oublia le coup de fusil. Il oublia ce qui l'avait provoqué. Ces fichus mots. À la marée montante, il eut souvent l'impression que les vagues arrivaient rouges sur les galets. Cette vision s'estompa. Elles redevinrent d'un bleu limpide.

C'est seulement dans les mois suivant le drame que de violentes images remontèrent à la surface. La chevrotine avait déchiré le visage et la poitrine de Laura. Étendue dans son sang, la victime avait émis un râle bizarre, semblable à un ronflement. Chapireau avait pensé qu'elle était juste endormie. Il s'était raconté cette histoire pour trouver la force de faire face. Des jours durant, il fut pris de fièvres et de vomissements. Respirer lui devint difficile. Un matin, il lut dans le journal que la chevrotine venait d'être interdite pour la chasse. Chapireau travaillait à la cabane. Il s'était laissé tomber sur un siège et c'était comme s'il avait tué Laura une deuxième fois. Le pouvoir de perforation de la chevrotine avait été jugé excessif, surtout tirée d'un fusil à âme lisse. L'expression remua Chapireau. Il songea que, lisse ou non, son âme était surtout noire. Il se rappela que, le matin du meurtre, il ne possédait aucune cartouche de chevrotine. C'est Nénesse qui lui en avait fourni, au cas où ils auraient vu un sanglier ou un chevreuil. « Chevrotine pour chevreuil, tu comprends ? » Les paroles de son ami résonnaient en lui. Chapireau s'imagina Laura en mère de Bambi. Il était le chasseur qui avait enlevé sa mère à Automne. Les explications du journal étaient d'une précision stupéfiante. Reliés les uns aux autres par du fil de laiton, les plombs causaient des blessures létales en forme de toile d'araignée. Il revit le cou de Laura après le tir, une grosse araignée rouge, semblable à celle qui dormait, vitrifiée, sur la table du salon.

Vingt ans plus tard, que pouvait-il écrire à Automne ? L'enquête policière était close depuis longtemps. Chapireau ne savait plus ce qui l'avait conduit à tirer. Comment s'en serait-il souvenu, lui qui finissait par douter d'avoir supprimé Laura ? Son crime, c'était un cri, juste un cri. S'il l'avait tuée, on l'aurait jeté en prison. Au lieu de

cela on l'avait plaint. Plaignait-on un meurtrier ?
Dans ses accès de lucidité, il pensait avoir agi par
légitime défense. Il revoyait l'air narquois de
Laura, son sourire narquois, sa bouche nar-
quoise, juste avant. Et sa peau fleurie de sang,
juste après.

32

Après le drame, Benjamin partit vivre chez
son père. Chapireau se retrouva seul avec la
petite qu'il couva comme une mère. La nourrice accepta de s'occuper d'elle à demeure. Le
pédiatre d'Automne lui conseilla une psychologue. Chapireau refusa. Qui mieux que lui
calmerait les angoisses de sa petite ? Devant
l'insistance du pédiatre, il finit par s'y résoudre.
En revanche, il écarta toute aide pour lui. Il
ne voulait pas donner raison à Laura qui l'avait
si souvent exhorté à se faire soigner. Un matin
au réveil, il découvrit une ride qui balafrait sa
joue droite. Une première attaque le terrassa
trois mois à peine après la disparition de Laura.
Nénesse fit le nécessaire pour Automne le
temps où il resta à l'hôpital. Ni Zac ni Marcel
ne lui rendirent visite.

Installés au Gabon depuis quinze ans, les
parents de Laura firent savoir leur arrivée pour
Noël. Chapireau ne les avait jamais rencontrés.
C'était un couple d'une soixantaine d'années,

différents de l'image qu'il s'en était faite à travers les propos de leur fille. Il découvrit une femme timide au regard triste, un homme qui avait dû porter beau dans sa jeunesse, mais que l'Afrique et l'alcool avaient esquinté. Ils parlèrent de Laura avec la distance que creusent les tropiques. Chapireau comprit que leur fille n'avait jamais fait grand cas de personne. Ils ne s'expliquaient pas sa disparition et la déploraient surtout pour ses enfants. Quand ils prirent congé, il eut le sentiment qu'ils avaient voulu s'excuser de quelque chose.

L'année suivante, Chapireau surmonta deux autres attaques. Il fut opéré, triplement ponté, remis sur pied avec peine. C'est Laura qui veut sortir de mon cœur, pensait-il. Ou alors, c'est qu'elle veut y entrer de nouveau, et mon cœur se défend. Rien de ce qui lui arrivait ne pouvait plus dépendre que de Laura. La mort gouvernait sa vie. Il s'usa en accéléré comme une météorite précipitée dans l'atmosphère.

Il est possible que les lieux et les objets pressentent notre envie de disparaître. Qu'ils soient pourvus d'un instinct animal. Sans prévenir ils se détraquent, mystérieusement hors d'usage. Un jour plus tôt, ils fonctionnaient à merveille. Puis c'est fini. Une envie brutale de ne plus servir à rien. Ainsi du grille-pain qui rendit l'âme, carbonisant les tranches de seigle que Chapireau avait glissées d'une main lasse. Le temps d'un aller-retour au salon, une forte odeur de brûlé s'était répandue. Les mâchoires de l'appareil refusaient de s'ouvrir. On aurait pu croire à un début d'incendie. Il eut beau aérer, les relents de cramé s'incrustèrent dans chaque pièce de la maison, dans les rideaux et les fibres des tapis, dans ses vêtements. Puis une écumoire disparut, des cuillers en bois, un petit couteau à huîtres, une boule de ficelle. Peut-être étaient-ils à leur place, mais il ne les voyait plus.

Un jour qu'il rentrait à Coup-de-Vague, sa maison lui sembla différente. La façade n'était plus la même. L'entrée était légèrement de guingois. Les volets du bas avaient un petit air penché. À l'étage, c'était encore pire. L'encadrement des fenêtres avait joué sur l'aile droite. Le toit piquait du nez. Chapireau fit venir un expert en bâtiment. Après une rapide inspection, le gars diagnostiqua un glissement de terrain. «Votre maison est sur les vases. La sécheresse de l'an passé les a tassées. Les pluies d'automne les ont gonflées. Résultat : vos fondations sont en charpie.» Regardant alentour, l'homme désigna le gros saule au feuillage échevelé que Chapireau comparait à un chef d'orchestre. «Je ne serais pas surpris que ses racines aient prospéré jusqu'ici, fit-il en désignant le seuil de la maison. Il faudra intervenir sans tarder.» Chapireau remercia pour le conseil et raccompagna l'expert à la grille, bien résolu à ne rien faire. Cette maison s'effondrerait sur lui dans son sommeil. Il y vit l'augure d'une fin heureuse. Coup-de-Vague se mit à ressembler à ces vieilles pierres tombales qui s'enfoncent lentement dans la terre meuble des cimetières marins.

Une nuit, Laura lui apparut allongée dans la cuisine, à même le sol, son visage recouvert de sang. D'un seul coup elle se redressa. Ses blessures s'effacèrent une à une. Les taches rouges n'étaient que des fleurs séchées. Elle retrouva son teint d'avant, un regard serein. Toute leur vie se rembobina jusqu'aux commencements. Dans son rêve, elle lui souriait. Il prenait sa main et la relevait. Ils marchaient vers la côte. Automne trottinait à leurs côtés. Ils arpentaient un long chemin qui s'étirait à perte de vue entre la mer et les champs. Laura revenait à elle. Ils progressaient épaule contre épaule. Pareils à des enfants, ils jouaient au cerf-volant. Il leur arrivait de voler comme des oiseaux, d'apercevoir leur maison depuis le ciel, de s'amuser de leur légèreté. Leur ombre les devançait. Les mots n'avaient plus d'importance, ni les silences. Ils étaient bien ensemble. Il la distrayait. Il croyait entendre son rire. La maison était intacte, rien ne brûlait, rien ne grinçait, rien ne disparaissait. Ce rêve ne le quitta plus. À la longue, seuls lui revinrent les bons souvenirs.

33

Automne avait poussé sans qu'il s'en aperçoive.
C'était une fillette solitaire et rêveuse, comme sont
les enfants que tourmente un secret. Elle s'imagina
des mondes lointains où sa mère voyageait dans
un char tiré par des chevaux célestes. Laura était
devenue une déesse qui veillait sur sa fille sans
jamais se montrer. Elle était une étoile au firma-
ment, protectrice de son sommeil. La psychologue
avait persuadé Automne que sa maman pensait
toujours à elle, où qu'elle se trouvât. Ces paroles
avaient allumé chez l'enfant la petite flamme
de l'espoir : celui de retrouver Laura, un jour ou
l'autre, à Coup-de-Vague ou ailleurs. Automne
n'en parlait pas. Elle se contentait d'y croire. Chapireau lui avait donné les rares photos de sa mère
qu'il conservait. Elle les avait collées dans sa
chambre, près de la table de nuit. Quand il venait
embrasser sa fille, il devait soutenir ce regard figé,
affronter ce sourire dont il connaissait l'envers.

Cette recherche de photos pour Automne le
ramena en Espagne. C'était le seul voyage qu'il

avait fait avec Laura pendant leur brève vie commune. Un mois avant leur départ, elle s'était aperçue que ses papiers d'identité étaient tous périmés. Elle avait pris des dizaines de photomatons, se trouvant chaque fois horrible, les déchirant les uns après les autres. Au bout d'une soixantaine, elle s'était résignée à en choisir deux, tout en disant se détester. Chapireau eut beaucoup de mal à dénicher des photos intactes de Laura. En cachette, elle se découpait systématiquement. Même sur les tirages avec son bébé. Ses traits disparaissaient dans un carré vide.

Chapireau aida sa fille à grandir. Elle l'aida à ne pas mourir. En voiture, après l'avoir attachée sur le siège arrière, il inclinait son rétroviseur vers elle pour la regarder. Peu lui importait son imprudence. Chapireau ne la quittait pas des yeux. Automne avait pris la place de Zac et de Marcel. Son visage était le reflet d'une soustraction.

Les années passèrent, plus rapides que des semaines. Automne était une adolescente élancée aux expressions mystérieuses. Chaque jour la faisait ressembler davantage à Laura. Elle vouait à Chapireau un attachement sans limites, entier, exubérant. Il était son père, son confident, son ami. À treize ans passés, elle acceptait qu'il lui tienne la main quand ils faisaient des courses. Sachant son cœur fragile, elle lui épargnait le moindre souci, trop heureuse d'avoir son père pour elle seule. Depuis son enfance, Zac et

Marcel n'étaient plus venus à Coup-de-Vague. Avec les années, ils devinrent des étrangers.

Automne allait sur ses quinze ans quand un soir, après l'école, elle rejoignit son père à la cabane. Ce n'était pas dans ses habitudes. Chapireau lui demanda si tout allait bien. Elle répondit à peine et négligea de l'embrasser. Les yeux plantés dans les siens, elle voulut savoir dans quelles conditions exactement avait disparu sa mère. Son ton ferme le surprit. « On en parlera ce soir », fit-il pour se donner du temps. Il savait bien que le moment viendrait où Automne s'interrogerait. Maintenant qu'il était au pied du mur, il se sentit la tête vide.

De retour à Coup-de-Vague, il tomba sur Automne qui le guettait. Ils s'installèrent dans le canapé du salon. Elle laissa entre eux une certaine distance comme pour mieux l'observer. Ou pour s'éloigner. Chapireau fit le récit de ses brèves années avec Laura. Il mentit par omission. Automne ne s'intéressait qu'à une chose : comment sa mère avait-elle disparu du jour au lendemain ? Écoutant sa réponse, elle eut cette sensation poisseuse que son père lui mentait.

Dans les mois qui suivirent ce premier interrogatoire, Automne provoqua encore la discussion. D'abord elle resta passive, écoutant sans broncher les paroles confuses de Chapireau. À son air fâché — cet air qu'elle tenait de Laura —, il devina ses doutes. Elle qui avait tant ménagé son cœur, voilà qu'à son tour elle y plantait ses griffes.

Un soir qu'il s'était arrêté devant le miroir de l'entrée, son meurtre lui sauta à la figure.

La douleur blessa Chapireau. Il ne parla plus de Laura. Il en parlait si mal. Automne aurait bien tenté d'approcher Zac et Marcel, mais le lien s'était trop distendu. L'indifférence des aînés envers Automne était un autre arrachement pour Chapireau. Un détail ancien l'avait meurtri. Ce jour où Zac et Marcel avaient parlé de la petite comme de leur « demi-sœur ». Les garçons tenaient à ce « demi ». Un mot de rien du tout qui marquait la séparation des cœurs.

À leur majorité, Zac et Marcel s'étaient égaillés dans la nature, à l'IUT de chimie pour Zac, dans les méandres de la bricole pour Marcel. La disparition de Laura ne les avait pas rapprochés de leur père. Ils avaient continué de le voir en dehors, toujours en dehors. Dans les bars et les cafés, les restaurants bruyants, les pizzerias bon marché, un œil sur la montre, l'autre sur les voisins, les serveuses, les gens, les autres. Jamais seuls. Jamais les yeux dans les yeux, de peur de s'accrocher du regard, de faire jaillir comme un geyser leur amour enseveli.

À vouloir les protéger de Laura, Chapireau avait chassé ses fils. À vouloir les éloigner, il les avait perdus. Zac et Marcel s'étaient inventé une vie sans leur père. À force de ne plus souffrir, ils ne l'avaient plus aimé. Au moins voulaient-ils le croire. S'ils avaient appris sa mort, ils n'auraient guère versé de larmes. Cela s'était fait sans bruit, un renoncement après l'autre, une fête oubliée, une rencontre bâclée, des paroles coincées dans la gorge. Ils avaient si peu à se dire. Leur rupture avait pris du temps, comme la dérive des continents. Ils s'étaient détachés dans un mouvement inexorable et lent. Ils s'étaient regardés en train de se perdre. Zac et Marcel avaient rétréci dans la vie de Chapireau, et lui dans la leur, un point minuscule. Ils l'aimaient de si loin. Il les aimait si mal. Enfants, il leur avait raconté des dizaines d'histoires de phares. Il les avait mis en garde contre les feux des naufrageurs qui attiraient les bateaux vers les brisants. Il était leur père, leur repère. Il était leur lumière. Avant de s'éteindre dans leurs cœurs. Et de précipiter le naufrage.

Adolescents, Zac et Marcel n'avaient manqué de rien. Ni d'argent ni d'habits à la mode. Pas même d'un studio dès l'âge de dix-huit ans. Il ne voulait pas les imaginer errant en ville comme lui dans sa jeunesse. Ils s'étaient dit que leur père était mort, mais autrement que leur mère. Au moins Nélie les avait-elle accompagnés jusqu'au bout de ses forces. Lui les avait lâchés sans un mot. Il avait cru que ses fils comprendraient, qu'ils s'inclineraient devant la fatalité tout entière gravée dans les traits de Laura. Après sa disparition, Chapireau avait espéré les retrouver. Leur froideur fut sa pénitence. Alors il avait jeté son dévolu sur Automne. Il avait veillé sur son sommeil d'enfant. Il avait appris à tresser ses nattes, à calmer ses angoisses, à dissiper ses chagrins. Désormais il devrait supporter sa froideur.

L'épisode des vêtements n'avait rien arrangé. Un matin très tôt, après avoir revécu son rêve avec Laura, Chapireau s'était réveillé en nage. Laura lui était apparue si réelle. Persuadé qu'elle était là, il s'était rendu dans leur ancienne chambre aux volets clos. Il avait allumé les lumières. Leur lit n'avait pas bougé, massif et gelé. Le musée de leur amour. Il s'était jeté vers le tiroir de la commode où dormaient quelques effets de Laura. Des habits d'été. À leur vue, son cœur s'était encore accéléré. Bien sûr qu'elle était là. Il s'était mis précipitamment torse nu et en slip puis, dans des gestes soudain très délicats pour ménager le tissu, il avait passé un chemisier blanc. Celui que portait Laura pour la naissance d'Automne. Il avait contorsionné son grand corps dans un jupon de gitane couleur coquelicot. Il s'était coiffé du chapeau de paille qu'elle arborait l'été pour marcher le long de la côte, une main plaquée dessus pour le retenir. Chapireau s'était examiné en silence devant la glace de l'armoire. Il ne s'était pas trouvé grotesque. Pour cela, il aurait fallu qu'il se voie. Ce n'était pas son reflet qu'il cherchait à travers cette silhouette étrange. C'était elle, la femme de son rêve. Absorbé dans sa contemplation, traquant l'illusion de Laura, Chapireau n'avait guère prêté attention à Automne. Il avait oublié les lumières allumées, la porte entrebâillée. À l'instant où elle poussa un cri, il retomba dans la réalité.

Jamais ils n'en parlèrent. Sa fille était partie au lycée sans rien demander. Les jours suivants, elle avait pris soin de l'éviter. Il brûlait de lui expli-

quer son rêve et cette sensation troublante qui
rendait vie à Laura. Automne s'était dérobée.
Elle lui en voulait sans savoir de quoi. Chapireau
se persuada qu'elle avait compris. Peu après
pourtant, Automne retrouva sa bonne humeur.
Elle ne chercha pas les vêtements de Laura. Un
non-dit s'installa, pesant, insoluble. Chapireau
craignait d'avoir à exprimer le pire. Automne
craignait de l'entendre. Le silence fut leur protection. Il le rompit un soir de Noël, sans doute
sous l'emprise du vin. Il serra Automne contre
lui pendant une valse qu'il ne savait pas danser.
Il chuchota que forcément avec sa mère ils
s'aimaient. «Je l'ai aimée pour t'avoir toi, fit-il la
bouche pâteuse. Sans elle tu ne serais pas là et
c'est le plus beau cadeau qu'elle pouvait me
faire.»

Son bac en poche, Automne quitta Coup-de-
Vague. Elle loua une chambre à la cité étudiante.
La cohabitation avec son père avait atteint son
point de rupture. Il était nécessaire pour chacun
de mettre une distance. Au départ d'Automne,
Chapireau se retira très loin en lui-même, sans
être certain de s'apercevoir encore. À vrai dire, il
se perdit de vue. Le temps se changea en une
masse informe. Seule le reliait aux jours d'avant
la continuité de sa tristesse. Il s'abrutissait au travail, s'interdisait de penser. Sa vie devint plus bé-
tonnée que la base sous-marine de La Pallice.
Mais le plus épais des bétons se fissure aux souvenirs. Une nuit, il fut réveillé par une vive douleur
au côté gauche. Des coups sourds et désordon-

nés. « Il n'y a personne ! » s'écria-t-il. Chapireau n'avait pas compris que les coups martelaient sa poitrine. Une mauvaise sueur mouilla son front. Une buée, un voile glacé. Le linceul d'une morte. En touchant son cœur, il toucha sa peur.

34

C'est auprès de Benjamin qu'à l'insu de
Chapireau, Automne mena son enquête. De
treize ans son aîné, le fils de Laura avait vécu
toutes ces années avec son père. À présent, il
volait de ses propres ailes. L'expression lui allait
comme un gant car il avait réalisé son rêve
d'enfant : piloter des avions. Il avait trouvé un
poste dans une compagnie low cost qui reliait
La Rochelle à l'Irlande. Au début il parla difficilement de sa mère. Automne était si avide,
si touchante, qu'il accepta. Ils se virent beaucoup. Plusieurs fois elle l'accompagna même à
Dublin. La bière noyait leur peine. Elle pleura
en l'écoutant. Avec ses mots, il essaya de lui
dire combien sa mère était belle et fragile, combien aussi elle était perdue, instable et destructrice. Il n'avait pas idée de ce qu'elle avait pu
devenir, depuis toutes ces années. Il n'était pas
certain qu'elle soit morte. Un jour, Automne
s'ouvrit à Benjamin de sa hantise. Chapireau
avait-il pu tuer leur mère ? « J'y ai pensé, répon-

dit Benjamin avec aplomb. Mais je n'y crois pas. C'est le contraire qui aurait pu se produire. Notre mère était une femme dangereuse. J'ai longtemps redouté qu'elle tue Alcide. Ou qu'elle le pousse à se supprimer. » Cet aveu renversa Automne.

35

Depuis quand s'était-il assoupi ? La gueule de la cheminée crachait une vilaine fumée. Chapireau jeta son restant de bouchons et la flamme repartit. Dehors, la nuit s'était répandue comme une marée noire. Sauf erreur, ils viendraient demain avec l'ambulance. Le docteur Longueville ne lui accorderait aucun délai. Chapireau n'avait toujours rien écrit pour Automne. Des sentiments confus l'assaillaient. Il avait tué Laura sans cesser de l'aimer. Qui croirait une chose pareille ? Depuis près de vingt ans il faisait le même rêve. Laura n'en finissait plus de revivre. Elle l'aspirait au fond de son regard clair, à jamais débarrassé de son voile mauve. Ils partaient dans la lumière. Cette illusion était devenue sa vérité.

Chapireau chantonna pour tromper l'obscurité. C'était sa manière de se rassurer. Un air sans queue ni tête, une ritournelle enfantine. S'il fredonnait, il était donc encore de ce monde. La radio marchait jusqu'au soir. Les voix dissipaient la lourdeur du silence et le sentiment de solitude.

Chapireau se rencogna dans le fauteuil qui désormais lui tenait lieu de lit. C'était venu d'un coup, cette habitude de ne plus monter se coucher. Dès la tombée du jour il se glissait tout habillé dans un sac à viande qu'il tirait jusqu'à son cou. Assis, somnolant, il ne distinguait plus vraiment le jour de la nuit. Il avait besoin de reprendre son souffle plus souvent, de sentir ses poumons remplis à ras bord. Tout avait commencé avec la disparition de Laura. Respirer avait cessé d'être un réflexe naturel. Il s'était senti oppressé. La tête lui tournait. Il se retrouvait au bord de l'asphyxie sans produire le moindre effort. Son médecin avait noté son extrême anxiété. Il lui avait prescrit des calmants et conseillé des mouvements de gymnastique. Mais le mal avait empiré. Il se mettait malgré lui en apnée, risquant à tout instant l'étourdissement ou la syncope. Son souffle incertain, c'était son renoncement à vivre. S'il sentait venir le sommeil, Chapireau faisait peser tout le poids de son corps sur le côté gauche. Il espérait qu'à comprimer son cœur, celui-ci finirait par s'arrêter. Chapireau n'avait pas peur de mourir. Il avait peur d'étouffer. Un simple rhume bouchant ses narines déclenchait chez lui des crises de panique. Il ouvrait alors la bouche de façon démesurée, s'agitait en tous sens et soufflait comme un damné. Après un coup de froid, il s'était résigné à dormir dans son fauteuil. Même dans cette position mi-couchée les angoisses d'étouffement le terrassaient. Il arrachait alors brusquement son sac à viande et déboutonnait le col de sa chemise.

Avec le temps, le cuir avait pris la forme de ses frayeurs. Seule l'apaisait l'idée de mourir sans s'en apercevoir.

À Coup-de-Vague, l'étage n'était plus aéré. Chapireau n'avait plus la force de monter jusqu'aux chambres. Dans sa poche, il conservait la clé de la commode où étaient empilés les anciens vêtements de Laura. Il avait réduit son existence aux espaces communs du rez-de-chaussée, la cuisine, le salon, le cabinet de toilette, la souillarde où il entreposait ses bûches. Il se contentait d'entrouvrir les volets du séjour qui donnaient sur la mer, s'ils n'étaient pas coincés par l'affaissement des pierres. Les fenêtres orientées au sud, face aux champs de tournesol, Chapireau les laissait closes. Il trouvait toujours une raison pour repousser la lumière. Un pivert qui s'attaquait aux volets. Le soleil qui décolorait le bois du vaisselier. La nuit gagnait sur le jour. Sans qu'il le veuille vraiment, sans qu'il fasse rien non plus pour l'empêcher, cette lente décrépitude avait élu domicile chez lui telle une femme de mauvaise vie. Au village, on disait que Coup-de-Vague était hanté. La maison mourait à petit feu. Elle se déformait, se lézardait. À l'intérieur, les sols devenaient instables. Le carrelage de la cuisine se soulevait, constituant de légers monticules, à croire qu'une taupe allait surgir des profondeurs, ou une chaîne de volcans nains. Les parquets se bombaient, les plâtres se fendillaient dans les chambres. L'eau suintait le long des tuyaux. Les fuites déclenchaient d'assommants goutte-à-goutte. Pas une pièce n'échappait aux serpillières et aux bassines. Mme Dupuis avait réduit ses heures de ménage. Chapireau était devenu le capitaine d'un vaisseau fantôme qui sortait de sa torpeur une fois par semaine avec la visite d'Automne. Après une capacité en droit, elle avait obtenu une place dans une agence immobilière du centre-ville. Elle n'avait plus torturé Chapireau avec ses questions sur sa mère. Son espoir que Laura soit encore en vie, elle le gardait pour elle. Benjamin ne lui avait guère laissé d'illusion. La jeune femme apportait sa bonne humeur, ses gestes vifs, son rire aussi, quand elle forçait son père à jouer aux dames. Jour après jour, la torpeur s'abattait comme un vieux drap trempé d'obscurité. Les vivants avaient disparu. Il restait Chapireau, et ce n'était pas grand-chose, et ça ne durerait pas longtemps.

Un soir que l'orage rôdait sans éclater, un regain d'excitation l'avait soudain parcouru. Plein d'une énergie insoupçonnée, il s'était mis à patrouiller dans la maison, allumant chaque pièce, chaque réduit, butant dans les bassines, criant les prénoms de tous ceux qui manquaient à l'appel : « Nélie ! Zac ! Marcel ! Laura ! Automne ! » Nul ne l'entendit. Puis il se calma. Installé dans la cuisine, tout en pelant des pommes de terre, il engagea la conversation avec les habitants imaginaires de la maison. Il interrogea Zac sur ses devoirs, Marcel sur son cours de judo, félicita Nélie pour son chapeau fantaisie. Dans le même souffle, il se tourna vers la place qu'occupait jadis Laura, près de la gazinière, pour lui demander ce qu'elle avait préparé. Il se figura ses fils encore enfants, encore aimants, et Nélie en pleine santé, et Laura dans son sourire du début, et Automne parée de ses boucles rousses de fillette. Sa voix déclenchait d'autres voix, ses gestes d'autres gestes. La vie se donnait des airs d'existence, comme le feu quand il soufflait dessus. Mais tout était retombé brutalement avec l'orage. Le compteur avait disjoncté. Chapireau s'était retrouvé dans le noir. Il n'en était plus sorti.

36

Après toutes ces années, Chapireau cherchait encore le moment où le drame s'était noué. Son vrai visage, Laura l'avait d'abord masqué. Ensuite ses yeux avaient viré au mauve. Son sourire s'était lassé de sourire. Sa bonne humeur avait disparu, laissant place à une expression inquiétante. Une faille s'était ouverte, sombre, profonde, vertigineuse. Elle était bien là tout entière, Laura, dans cette voix doucereuse devenue rauque, dans l'accent de ses sourcils, dans la brusquerie de ses gestes. Un jour elle n'avait plus donné le change. Sa révolte s'était abattue sur Chapireau et ses fils. Elle n'en avait fait qu'une bouchée.

Plus d'une fois pourtant, il avait cru voir une autre femme, tendre et touchante. Des flashes lui revenaient. Il se rappelait les caresses de Laura, ses élans, ses intonations pressantes quand elle lui demandait de la serrer fort contre lui, de l'embrasser à l'étouffer. Elle flairait son odeur à la façon d'un animal. Elle offrait son corps, s'abandonnait, murmurait ses « non » qui disaient « oui ».

Elle le suppliait de la protéger d'une voix toute petite. Elle lui disait avoir très peur d'une autre Laura qui vivait en elle et qu'il devait détruire. Mais pouvait-on tuer un être à moitié ?

Cette nuit encore, le vent souffla sans répit. La veilleuse s'était éteinte. Chapireau n'avait pas eu le courage de la rallumer, ni le feu qu'il laissa mourir. Des rafales s'engouffraient par le conduit de la cheminée. L'air froid passait au travers de son pantalon. Il imagina la mer soulevée par la tempête, montant à l'assaut des falaises. La mer submergerait Coup-de-Vague et c'en serait fini.

Pendant des heures, au milieu de cette nuit agitée, Chapireau fit une succession de rêves que les sifflements du vent venaient interrompre. Tout s'évanouissait, les visages, les regards et les cris. Un rêve pourtant laissa sa trace. Au milieu de la nuit, comme le vent redoublait, Laura réapparut. Ils étaient seuls à Coup-de-Vague. Zac et Marcel passaient des vacances chez les parents de Nélie. Ils se connaissaient encore très peu. Le soleil resplendissait. La lumière entrait à grands flots par les baies vitrées. Ils avaient fait l'amour en plein jour, au milieu du canapé. Puis, insensiblement, les couleurs s'étaient fanées. D'abord le mauve des yeux de Laura, ses cheveux enflammés. Ensuite le pastel des cloisons, le doré des lampes, l'éclat des fruits dans le compotier. La transparence de l'air s'était figée. Ils n'y avaient pas prêté attention. Le plaisir était souverain. C'est après qu'ils avaient senti l'ombre les envelopper. L'obscurité avait muré les fenêtres. Un abat-jour invisible avait flétri le soleil. Une fraîcheur soudaine s'était emparée de leurs corps nus. La maison baignait dans une lueur de soupirail. Chapireau s'était levé. Il s'était vêtu en hâte et avait marché jusqu'au seuil. La mer était décolorée comme les jours de grande marée, quand la masse énorme de l'eau dilue le bleu. Sa montre s'était arrêtée. Il avait voulu la remettre en route mais la trotteuse n'avait rien voulu savoir. Le temps refusait d'avancer. Il régnait une lumière irréelle. Le ciel était d'argent. Chapireau garda cette image bien après la mort de Laura. Ils avaient fait l'amour pendant l'éclipse. La dernière éclipse de soleil du siècle.

Chapireau rêvait d'un sommeil sans rêve. La nuit ne lui accorda aucun répit. Le vent avait ranimé cet épisode marquant de sa vie. Il pensa que dans sa lumière de fin du monde le ciel l'avait prévenu contre le danger d'aimer une femme un jour d'éclipse.

37

Le coup de chevrotine résonnait encore dans la mémoire de Chapireau. Sur l'instant, la cartouche lui avait paru légère. Plus tard, quand l'eau s'était refermée sur le corps momifié de Laura, il avait cru voir du même coup sa souffrance engloutie. C'est après, avec les jours, avec les nuits, que la cartouche avait pris tout son poids. En se levant, il fit tomber le bloc sur lequel il griffonnait ses débuts de lettres. Il espérait un courrier officiel du tribunal. Un jugement d'absence qui aurait acté la disparition définitive de Laura. Automne attendait le signe qui lui permettrait de ne plus rien attendre.

« Est-ce que je ressemble à maman ? » était la seule question qu'elle lui posait. Il aurait pu dire oui. Oui quand tu parles, oui quand tu te tais et que tu me regardes, oui quand tu ris, oui quand tu marches, oui quand tu dors et que tu te réveilles, oui, oui, tout le temps oui. Au contraire, il restait évasif, peut-être, un peu, certaines expressions, rien de flagrant. Il ne voulait pas qu'elle ressemble à une morte. Il ne pouvait effacer le visage de Laura criblé de chevrotine.

Automne s'étonnait de voir son père s'occuper des impatiences, lui qui laissait tout partir à vau-l'eau. « C'était le coin de ta mère », lui avait dit Chapireau, un jour qu'il arrosait les boutons avec délicatesse. Automne avait joué les botanistes. « Sais-tu, papa, comment s'appellent ces fleurs ? » Elle souriait de son sourire doux, heureuse d'en apprendre à celui qui l'avait initiée au mystère des étoiles et des marées. « Dis toujours, avait lancé le boucholeur, plié en deux au-dessus du parterre. — *Noli me tangere*. — *Noli* quoi ? — Ne me touche pas », avait continué Automne. Chapireau s'était reculé d'un pas. « Ce n'est pas à toi que je dis ça. *Noli me tangere*, c'est leur nom latin. Elles sont si fragiles qu'à peine tu les frôles elles éclatent. » *Noli me tangere*, ne me touche pas. Il s'immobilisa. Était-ce Automne qui parlait ? Ou Laura ?

La boîte à images continuait de tourner dans la tête de Chapireau. Il aurait voulu qu'Automne sache voler au lieu d'apprendre à marcher. À un an elle grimpait déjà partout. La maison n'était pas assez grande. Il fallait qu'elle explore les recoins, le cellier, le balcon, les espaces interdits. Un soir d'été qu'il rentrait à Coup-de-Vague, il remarqua deux hommes qui regardaient sa maison avec insistance, des ostréiculteurs de Marsilly. « Dis donc, Alcide, elle est toute seule ta gamine ? avait questionné le premier. — Bien sûr que non. Elle est avec sa mère. — Bonnes gens ! s'était exclamé le second. Tu ferais bien d'y aller voir. »

Chapireau aperçut alors Automne, une petite tache de couleur qui tentait d'escalader la rambarde du balcon. L'adresse lui manquait encore, et la force. Mais bientôt elle pourrait passer de l'autre côté. Il grimpa quatre à quatre les marches de l'escalier sans se faire voir d'Automne. Laura était introuvable. Quand il était enfin parvenu sur le balcon, la petite s'était hissée plus haut. Une partie de son corps était sur le point de basculer. Il avait suspendu son souffle, s'était avancé à pas de loup puis l'avait attrapée d'un geste ferme. En se retournant, il avait découvert Laura étendue sur le lit, à demi inconsciente, étourdie de somnifères.

Après cette alerte, rien ne fut plus comme avant. Chapireau perdit le peu d'insouciance qu'il lui restait. Même par mauvais temps, il prit soin de laisser déployé l'auvent de la terrasse. Au pire, pensait-il, la toile épaisse amortirait la chute de la petite. Mais combien de temps pourrait-il supporter cette menace ? Chapireau avait supplié Laura de voir un spécialiste des nerfs. Il lui avait parlé avec ses mots, torturé à l'idée de la heurter. Face à Laura, une parole était forcément malheureuse. Des semaines durant, Alcide avait vécu dans la crainte du drame. Chaque soir il tremblait de découvrir une ambulance stationnée devant chez lui. Des images terrifiantes le hantaient. Jusqu'au moment où il en avait fini avec Laura. Le vent portait vers la mer. Nul n'entendit la détonation.

38

La nuit s'achevait quand l'esprit de Chapireau connut une éclaircie. Il eut la vision fugace mais précise de son geste. Ce soir-là, Laura l'avait ignoré. Sa violence était tout entière contenue dans son silence. C'était bien ça. Elle l'avait rendu fou en ne disant rien. Pas un mot. Pas le début d'un mot. Le beau rôle du silence. Chapireau se redressa sur son fauteuil. Il brûlait. S'il ne se souvenait d'aucune parole, c'est que Laura n'en avait prononcé aucune ! Il entendit sa voix gonfler. Il avait vidé son sac avec maladresse, bégayant, s'énervant. Il l'avait insultée. Elle était restée sans réaction, jetant à la poubelle les affaires de Zac et de Marcel, mue par une rage froide avec l'inébranlable assurance d'avoir raison. D'avoir toujours raison. Elle ne le voyait pas. Elle ne l'entendait pas. À aucun moment il n'avait pu saisir son regard qui glissait sans cesse. Elle faisait exprès. Elle savait s'y prendre. Jouer la comédie de l'indifférence, le laisser s'emporter tout seul pour mieux le lui reprocher ensuite. Son numéro était au point, une merveille de maîtrise. Du grand art. Un sourire esquissé sur ses lèvres, elle chantonnait, faussement affairée, occupée à le détester.

Ils avaient dîné en silence, Automne assise entre eux, arbitre innocent de leur duel à mort. La petite couchée, ils étaient redescendus à la cuisine, la pièce où les voix ne portaient pas jusqu'aux chambres. Ils avaient bu. Il avait espéré que l'alcool les rapprocherait. Elle lui avait tant reproché de ne jamais boire avec elle. Ils avaient bu comme des ivrognes. Laura avait joué les distraites. Elle riait sans lui. Peut-être riait-elle de lui. Ses yeux se posaient partout, sur les cuivres, sur la vaisselle, sur le frigo, sur tous les objets. Pas sur Chapireau. Ses yeux l'ignoraient, lui passaient par-dessus, lui passaient à travers. Elle l'écrasait de son dédain. Il s'énervait de plus belle, cherchait les mots pour enfin capter ce regard en cavale. Mais les mots manquaient leur cible. Elle riait. Il buvait.

Tout à coup son rire lui fut insupportable. Elle le fixa de cet air victorieux qu'il lui connaissait bien. Cette fois elle le regardait. Alors il prit le fusil appuyé au mur, dont la crosse reposait sur le paillasson. Il remit le canon en position. Laura s'affairait devant les placards. Elle fredonnait une chanson légère qui réduisait à néant les pauvres mots de Chapireau. De nouveau elle l'ignora, lui tournant ostensiblement le dos. La cartouchière gisait au sol, enroulée comme un serpent. L'éclat du néon faisait briller le cuivre des cartouches. Au claquement sec de l'arme chargée, Laura tressaillit. Une onde parcourut son corps. Ses yeux ne laissaient rien paraître. Au contraire. Ce coup de fusil, elle l'attendait. Son assassin était là. Elle se l'était choisi. C'était l'homme qu'elle aimait. Elle préférait mourir plutôt que lui manifester l'amour qu'elle lui gardait au fond d'elle, dans les replis secrets de son être.

Laura n'engagea pas davantage la conversation. Elle se mit à rire de plus belle, un verre trop rempli à la main. Après une embardée, la moitié finit par terre, qui se mélangerait avec son sang. Puis elle reprit son chant décousu. Elle se moquait pas mal du canon pointé sur elle. Il y eut le cliquetis de la gâchette. À cet instant seulement, pas avant, à cet instant où il était trop tard, elle jeta sur Chapireau le regard qu'il attendait. Le regard des commencements, quand la belle cliente avait passé commande à la cabane, auprès de Zac et Marcel tombés sous son charme. Un regard qui disait «je t'aime», qui disait «fais-moi un enfant, nous l'appellerons Automne». Puis ce regard chavira. Laura eut une expression indéfinissable. C'était une supplique silencieuse. Un appel à la délivrance. En une fraction de seconde, la tendresse vira au désastre. Le mauve de ses yeux s'assombrit. Chapireau venait de tirer.

39

La douceur était inhabituelle pour une nuit de février. Cette nuit-là pourtant, le vent balaya tout sur sa route. Un vent chaud dans un ciel pur. Personne ne croyait au danger. C'était si bon, cette remontée du baromètre. D'abord on ne sentit que cela. Un souffle d'allégresse venu de loin. Une euphorie tiède qui déposerait le sable rouge du désert sur les pare-brise des voitures. Dans la région, on était habitué à ces mirages. Ils apportaient un peu de merveilleux chez les rémouleurs de la vase. Cette fois, l'affaire semblait plus sérieuse. La dépression s'était creusée au beau milieu de l'Océan, sur le tropique du Cancer. Remplie des masses d'air du Sahara, elle avait gagné l'archipel de Madère, longé les côtes du Portugal, agité la Cantabrique et le golfe de Gascogne. À Porto, un arbre tua un enfant. Ce fut la première alerte. Au Pays basque, le fœhn radoucit encore l'atmosphère. Les rafales firent trembler Tenerife et les Canaries. Au pic du Midi, on enregistra des pointes fulgurantes.

D'autres alertes se succédèrent, ininterrompues. La houle transformait la mer en montagnes. Elle soufflait sur l'eau comme sur des braises. C'est ce que déclara le lendemain un sauveteur : il y avait le feu, et le feu venait de l'Océan.

Au matin, Automne se gara devant Coup-de-Vague juste avant sept heures. Le ciel blanchissait à peine, laissant deviner une vaste étendue de mer au milieu des champs. La tempête avait soufflé sans pitié. Nul n'avait encore pris la mesure des dégâts causés par ce phénomène que l'Université libre de Berlin, seule habilitée à nommer les tempêtes en Europe, avait tout juste baptisé Xynthia. Pareille à une bête repue, l'eau restait là, menaçante, calme et incongrue si près des habitations. Jamais de mémoire d'homme elle n'était montée si haut. Des nez de bateaux s'étaient encastrés dans les fenêtres des hangars, dans les pare-brise des autos. L'état d'urgence fut déclaré. Si Coup-de-Vague n'avait pas reposé sur un promontoire, il n'en serait rien resté.

Automne poussa un cri. Dans la maison, tout était sens dessus dessous. La vieille demeure était défigurée. Le toit penchait à faire peur, des murs entiers menaçaient de s'effondrer. La porte d'entrée était carrément dégondée. Les volets arrachés et les fenêtres béantes laissaient entrevoir des plafonds de guingois, des meubles en travers comme après une partie d'autos tamponneuses. Le sol était jonché de papiers, de tableaux, de chaises renversées, de rideaux en charpie. C'était miracle que la mer ne se fût pas engouffrée avec ce vent du diable qui avait tout emporté sur son passage. Automne ne trouva personne au salon, ni à l'étage qu'elle atteignit avec peine grâce à une échelle. L'escalier avait bougé d'un bon mètre. La partie supérieure balançait dans le vide, émettant de sinistres craquements. Seule la cuisine avait tenu bon.

En s'approchant de la table encombrée de restes, Automne tomba sur une enveloppe du tribunal de grande instance. Le rabat était décacheté. Chapireau l'avait laissée en évidence. La jeune femme sentit son cœur dans sa gorge. Une immense faiblesse l'envahit. Comme elle aurait voulu être loin d'ici. Quelques secondes lui suffirent pour dévorer le feuillet dactylographié glissé à l'intérieur de l'enveloppe. Vingt ans après la disparition de Laura, le jugement d'absence venait d'être prononcé. Sa mère ne reviendrait pas. Elle avait disparu à jamais. Le mot « décédée » s'étalait en toutes lettres. Ce n'était pas une mort banale mais un décès juridique, sans corps ni preuve à l'appui. C'était une mort de guerre lasse, le genre de mort qui se confond avec le silence. L'ouverture d'une succession était possible, précisait le courrier. La tête d'Automne se mit à tourner. Hériter ? Cette mort ne laissait rien à partager. Au moins le constat officiel ne souffrait-il aucune contestation. La disparition était actée, sans espoir de retour. Sentant ses jambes trembler, Automne s'agrippa au montant d'une chaise. Elle redevint l'enfant qui balbutiait ses pas, autrefois, en se tenant aux meubles à sa portée. Malgré les larmes qu'elle laissa couler le long de ses joues, elle éprouva un sentiment inconnu de paix intérieure. Peu lui importait que ces lignes ne disent pas la vérité. Une instance indépendante avait statué. Automne pouvait repousser les soupçons qui la tourmentaient depuis si longtemps. Il s'en était fallu de peu que l'eau n'engloutisse la maison avec ses secrets. Si ce dérisoire morceau de papier avait échappé au raz-de-marée, il y avait une raison. Cette pensée donna envie à Automne d'étreindre son père. Elle l'appela fébrilement à travers les pièces obscures. Personne ne lui répondit.

Une voie d'eau s'était ouverte au salon, charriant des paquets de vase, de la terre, des lambeaux de tapisserie, et même un calendrier des marées. Les coussins et le dossier du fauteuil en cuir épousaient encore la silhouette de son unique occupant. Un objet épais attira son attention, le portefeuille de Chapireau. Il s'ouvrit à la pliure comme un vieux livre cent fois relu. Une liasse de billets s'en échappa, et aussi la photo de grandes antilopes aux cornes enchevêtrées. Automne la ramassa intriguée. La légende qui l'accompagnait provenait du Musée africain de l'île d'Aix. Un souvenir rapporté jadis par Zac et Marcel. La légende racontait comment ces deux koudous, incapables de se détacher, s'étaient emmêlés jusqu'à ce que mort s'ensuive. Automne remit le cliché à l'intérieur du portefeuille avec les billets de banque. Elle pensa que ses parents étaient semblables à ces antilopes. Qu'ils n'avaient pu se séparer même dans la mort et qu'ils se rejoindraient loin d'ici, au bord du lac Tanganyika.

Quelques heures plus tôt, avant que l'ambulance ne s'avance à travers les marais, Chapireau avait quitté Coup-de-Vague. Au plus fort de la tempête, il avait sauté dans son ancienne pinasse et s'était laissé dériver jusqu'aux bouchots. De la vague qui enflait dans la nuit sans étoiles, il ne vit absolument rien.

DU MÊME AUTEUR

Aux Éditions Gallimard

CARESSE DE ROUGE, 2004, prix François-Mauriac 2004 (Folio n° 4249)

KORSAKOV, 2004, prix Roman France Télévisions 2004, prix des Libraires 2005 (Folio n° 4333)

PETIT ÉLOGE DE LA BICYCLETTE, 2007 et 2013 (Folio 2 € n° 4619)

BAISERS DE CINÉMA, 2007, prix Femina 2007 (Folio n° 4796)

L'HOMME QUI M'AIMAIT TOUT BAS, 2009 (Folio n° 5133), Grand Prix des Lectrices de *Elle* 2010

QUESTIONS À MON PÈRE, 2010 (Folio n° 5318)

LE DOS CRAWLÉ, 2011 (Folio n° 5515)

MON TOUR DU « MONDE », 2012 (Folio n° 5828)

SUITE À UN ACCIDENT GRAVE DE VOYAGEUR, 2013

PETIT ÉLOGE DU TOUR DE FRANCE, 2013, Folio 2 € n° 5607

CHEVROTINE, 2014 (Folio n° 6053)

TROIS JOURS AVEC NORMAN JAIL, 2016 (Folio n° 6389)

DIX-SEPT ANS, 2018

Chez Gallimard Loisirs

LE TIERS SAUVAGE. Un Littoral pour demain, *préface d'Érik Orsenna*, *photographies par Aldo Soares*, ouvrage publié avec le concours du Conservatoire du littoral-Fondation Électricité de France, 2005

MARÉE BASSE, avec Éric Guillemot, 2006

LA BELLE ÉCHAPPÉE, avec Benoît Heimermann, photographies de Michel Bougouin, 2014

Aux Éditions Denoël

EN AFRIQUE, 2014
PARTOUT SAUF EN AFRIQUE, 2014
MES MONSTRES SACRÉS, 2015
J'AI VU LES DERNIERS PAYSANS, 2015

Aux Éditions Stock

LES ÉPHÉMÈRES, 1994
AVENTURES INDUSTRIELLES, 1996
CŒUR D'AFRIQUE, 1997 (Folio nº 5365)
VOYAGE AU CENTRE DU CERVEAU, 1998
NORDESTE, 1999 (Folio nº 4717)
UN TERRITOIRE FRAGILE, 2000 (Folio nº 4856)
JE PARS DEMAIN, 2001 (Folio nº 5258)

Chez d'autres éditeurs

LE FESTIN DE LA TERRE, *Lieu Commun*, 1988
LES ANNÉES FOLLES DES MATIÈRES PREMIÈRES, *Hatier*, 1988
LA FRANCE EN FRICHES, *Lieu Commun*, 1989
LA PISTE BLANCHE, *Balland*, 1991
ROCHELLE, *Fayard*, 1991 (Folio nº 4179)
MOI AUSSI JE ME SOUVIENS, *Balland*, 1992
BESOIN D'AFRIQUE, avec Christophe Guillemin et Erik Orsenna, *Fayard*, 1992
L'HOMME DE TERRE, *Fayard*, 1993
C'ÉTAIT AILLEURS, avec Hans Silvester, *La Martinière*, 2006
LA FRANCE VUE DU TOUR, avec Jacques Augendre, *Solar*, 2007

PARIS PLAGES : DE 1910 À AUJOURD'HUI, *Hoëbeke*, 2010

FEMMES ÉTERNELLES, avec les photographies d'Olivier Martel, *Philippe Rey*, 2011

BERBÈRES, photographies d'Olivier Martel, *Philippe Rey*, 2012

LE MARCHEUR DE FÈS : RÉCIT, *Calmann-Lévy*, 2013 (Folio nº 5886)

COLLECTION FOLIO

Dernières parutions

Composition : IGS-CP à L'Isle-d'Espagnac (16)
Impression : Novoprint à Barcelone,
le 4 août 2020
Dépôt légal : août 2020
1ᵉʳ dépôt légal dans la collection : décembre 2015

ISBN : 978-2-07-046572-9 / Imprimé en Espagne

369444